혼자가 좋은데 혼자라서 싫다

혼자가 좋은데
혼자라서 싫다

이혜린 지음

프롤로그

완벽한 혼자가 되고 싶다

인기 미국 드라마 〈워킹데드〉의 한 장면을 인용하면서 시작하겠다.

원인을 알 수 없는 전염병이 퍼져 인류가 멸망 위기에 놓인 어느 날, 등산 가방을 맨 한 남자가 길가에 서서 살려 달라고 소리를 지른다. 이때, 자동차 한 대가 남자를 그냥 지나쳐 간다. 자동차 안에는 성인 남녀들이 타고 있다. 자동차가 반갑기 그지없던 남자는 있는 힘을 다해 소리치며 뒤쫓아간다. 그러나 자동차는 속력을 줄이지 않는다.

한참 후, 자동차에 탔던 사람들은 볼일을 마치고 좀 전의 그

도로를 다시 지나간다. 살려 달라며 소리치며 따라오던 남자는 사라지고, 등산 가방만 우두커니 길가에 떨어져 있다. 길 저편에서 좀비들에게 뜯겨 먹히고 있는 시체가 바로 그 남자임에 분명하다. 자동차는 이제야 속력을 줄인다. 일행 중 한 명이 등산 가방을 재빠르게 낚아챈다. 그러고는 다시 속력을 높인다.

이 장면, 정말 인상적이지 않은가. 무리에 속하지 못한 개인이 얼마나 살아남기 힘든지 적나라하게 보여주는 장면이다. 자동차에 탄 사람들이 자기밖에 모르는 이기적이고 나쁜 사람들이냐, 그것도 아니다. 모두 선량하고 평범한 사람들이다.

나는 성격이 별로 좋지 못해 걸핏하면 친구들과 싸웠다. 태생이 게을러 툭하면 회사를 그만두고 싶어 했다. 그러다 이 사회에 나 혼자 남을지도 모른다는 생각에 휩싸일 때면 〈워킹데드〉의 그 장면이 떠올랐다. 무서웠다. 내게는 함께 차를 타고 이동할 사람, 자는 동안 집에 침입할 누군가로부터 나를 지켜줄 사람, 아플 때 나를 걱정하며 먹을 걸 구해올 사람이 필요했다. 내게 등을 보이는 사람들로 인해 가슴이 아팠고, 누군가 내 '등산 가방'을 가져가는 것은 아닌지 두 눈을 부릅떴다.

정말, 피곤했다. 내 사람을 만드는 것, 내 사람들의 기대에 부응하는 것, 내 사람들이 날 실망시킬 때마다 짐짓 못 본 척하는 것, 내 사람의 코고는 소리를 견디는 것. 어느 하나 만만한 일이 없었다. 내 사람은 수시로 남보다 더 못한 원수가 됐고, 코드가 안 맞는다며 배제했던 이가 훗날 꼭 필요한 사람이 되기도 했다.

사람은, 그 존재 자체로 스트레스였다. 그보다 더 큰 스트레스는 내가 그들 없이 혼자 잘 먹고 잘살 능력이 없다는 사실이었다. 난 늘 누군가에게 잘 보여야 했고, 누군가를 등쳐야 했으며, 누군가를 구해야 했다.

완연한 혼자인 시간이 정말 절실했다. 혼자서도 불안하지 않고, 혼자서도 매우 즐거운 시간. 아주 잠시라도 그런 시간을 보내야 이후 며칠을 버틸 수 있었다.

이 책은 이런 절실함에서 기획되었다. 혼자서도 불안해하지 않을 방법은 없을까. 사람들 사이에서도 완벽하게 혼자일 수 있는지를 탐구해보고자 했다.

스포일러를 주자면, 혼자서도 불안하지 않을 방법은 어디에도 없다. 사람은 어차피 외로운 동물이라고 했던가. 하루 전화 200통에 시달리는 사람도, 스팸성 카톡 하나 받는 사람도, 워커홀릭 독신도, 가정주부도 외롭긴 매한가지다. 외로움을 피할 수 있느냐라는 질문은 별 의미가 없다. 문제는 이 외로움을 껴안고 얼마나 즐겁게 살 수 있느냐다. 이 외로움이 주는 이득을 취할 수 있느냐다.

사실, 나도 완벽한 방법을 찾진 못했다. 책을 쓰면 좀 찾을 수 있을까 했는데, 아직 찾지 못했다. 그래서, 이제부터 당신이 읽게 될 이 글은 혼자라서 좋으면서도 혼자라서 싫은 한 사람의 오락가락하는 소리가 될 수도 있다는 점을 미리 유념해두기 바란다.

차례

프롤로그

완벽한 혼자가 되고 싶다 • 4

1장. 우정 : 네가 있어도 외로워

상황. 친구는 내 편일까 | 너, 날 응원하는 거 맞아? • 13/ 힘내라는 폭언 • 19/ 나는 지금도 씹히고 있다 • 27/ 차라리 잘 나가는 척 • 33

방법. 혼자서도 잘 놀기 | 유출되면 큰일나는 일기 쓰기 • 39/ '덕후질'의 순작용 • 47/ 날 망가지게 하는 뮤직 리스트 • 53/ 혼술의 경지 • 57/ 순도, 100% 영화 감상법 • 63

2장. 사랑 : 그런 게 어딨어

상황. 소울메이트는 있을까 | 취향의 함정 • 71/ 연탄재엔 불이 붙지 않는다 • 77/ 혼자 자는 게 편하지 • 83/ 결혼하면 다 해결돼? • 91

방법. 쿨한 솔로되기 | 절친과 보험남의 결혼식에 대처하는 법 • 99/ 전남친에 휘둘리지 않기 • 105/ 혼자 사는 여자의 어드밴티지 • 111/ 누울 자리를 보고 다리를 뻗어라 • 117

3장. 회사 : 믿으면 큰일나

상황. 회사가 날 구원하리라는 환상 | 직장인의 결말 • 127/ 진짜 프리한 프리랜서는 존재하는가 • 133/ 회사에 영원한 친구는 없다 • 139/ 월급이라는 마지막 보루 • 145/ 신입사원으로 돌아가고 싶다 • 151

방법. 행복한 직장인 되기 | 방황 연금 마련하기 • 159/ 혼자서 맞이하는 노후 • 165/ 제대로 사치하기 • 173/ 워커홀릭이 뭐가 나빠 • 179/ 토크쇼 주인공 되기 • 185

4장. 독립 : 판타지는 저리 치워

상황. 내 걱정은 나만 한다 | 혼자 응급실에 가기 • 193/ 끼니 때우기 스킬 • 199/ 편식주의자 • 205/ 라면 먹고 비타민 먹고 • 211

방법. 건강하게 홀로서기 | 홀로 술 깨기 • 219/ 혼자가 무너지는 사소한 순간 • 225/ 일요일 아침엔 샤워를 하자 • 231 / 당당한 혼밥 • 235

5장. 고독 : 기꺼이 품에 안고

상황. 어디까지 외로워봤니 | 외로움을 받아들이는 방법 • 245/ TV와 대화하는 미친 짓 • 251/ 페북 '좋아요'가 내게 미치는 영향 • 257/ 집에 들어가기 싫어 • 265/ 나의 생일을 축하해 • 269

방법. 외로움 잘 활용하기 | 얼굴에 철판을 깔기 • 275/ 휴대폰, 좀 꺼놔도 돼 • 281/ 미움은 나의 힘 • 287/ 진짜 내 공간 • 293

1. 우정

네가 있어도 외로워

그래, 나는 상처받지 않은 척 웃고 있지만, 사실은 그렇지 않다. 밖으로 끄집어내지 않으면 진짜 자아는 절대 보이지 않는 법. 쿨하고, 자신만만하고, 온화한 내 가짜 자아에 치여서 진짜 자아는 어느새 멍들고 곪고 있다. 남을 밟지 않으면 올라설 수 없는 정글 같은 이 세상에서 제대로 나를 치유하는 방법은 단 하나, 스스로 돌보는 것뿐!

《상황》

친구는 내 편일까

너, 날 응원하는 거 맞아?

○

친구가 잘나간다는 건 기쁜 일이다. 그 친구가 어떤 꿈을 꿔왔고 어떤 시련을 겪었는지 충분히 알고 있다면, 마침내 원하던 바를 이루고 맘껏 행복감에 도취되어 있는 건 기꺼이 축하해주고 진심으로 함께 펄쩍 뛰며 기뻐할 일이다.

친구들보다 훨씬 못 나가고 있는 나는 누군가를 축하해줄 일이 많았다. 그들은 나보다 먼저 취업했고, 먼저 승진했고, 먼저 차를 샀으며, 먼저 결혼하고 애를 낳았다. 나는 그들에게 매번 수고와 진심을 담아 축하를 건네면서도, 내가 처한 상황에 따라 그 축하의 질과 깊이가 매우 다름을 깨달을 수 있었다.

나는 어떤 경우에 진심으로 축하를 건넸을까?

음. 언제였더라 생각을 좀 해봐야겠다.

솔직히 100퍼센트 축하할 수 없는 경우가 더 많았다. 나는 친구들에게 닥친 경사가 매우 기쁘면서도 100퍼센트 축하만 할 수 없는 내 심경과 마주해야 했다.

취직을 예로 들어보자. 친구가 나보다 먼저 취직할 경우, 그 소식이 진짜 기쁨과 동시에 '나는 쟤보다 무엇이 못났나'를 생각하게 된다. 그런데 이 생각은 나를 매우 우울하게 만들므로, '내가 쟤보다 못나지 않았다'라는 명제를 참으로 만들기 위해 '쟤가 취업한 회사가 그리 좋진 않을 것'이라는 판단이 필요하게 된다. 나는 이 명제를 뒷받침할 만한 정보를 모으기 위해 무의식적으로 매우 많은 노력을 한다. 회사 규모, 복지 수준, 연봉, 업무의 강도, 하다못해 남자 직원들의 연령과 외모까지도 내 판단의 근거가 된다. '나라면 그런 회사는 안 가겠어'라는 결론이 나면, 그제야 다시 해사하게 웃을 수 있다.

친구가 나보다 늦게 취직이 됐다면? 아마 그 친구는 나를 보며 앞의 나와 비슷한 스트레스를 받았을 것이다. 친구가 그런 스트레스에서 해방되는 건 실제로 기쁜 일이다. 하지만 여전히 내 머릿속은 빠르게 회전한다. 만약 얘가 나보다 더 좋은 회사에 들어갔다면? 마침, 내가 먼저 들어간 회사가 개미 똥구멍 속보다 엉망이라는 걸 알게 됐다면? '나도 좀 더 버텨서 더 좋은 회사에 갈 걸 그랬나'라는 생각이 눈앞을 어지럽힌다. 뒤늦게 취업한 친구는 당연히 내 눈치를 보지 않고 마음껏 홀가분한 처지를 자랑

한다. 이러저러해서 내 인생도 피게 되었어! 그러나 이를 보는 나의 심경은 나도 모르게 꼬인다.

"축하하긴 하는데, 이제부터가 지옥일걸!"

나는 친구에게 나만큼, 혹은 나보다 더 힘든 직장생활이 기다리고 있을 게 뻔하다는 듯 겁을 잔뜩 줘서 친구의 행복감에 스크래치를 낸다.

내가 나쁜 년인가. 기준에 따라 그럴 수도 있다. 나만 나쁜 년인가. 글쎄, 꼭 그렇다고 말할 사람, 몇 명이나 될까.

결혼의 경우를 보자. 30대가 되고, 과년하도록 결혼을 '못한' 남녀 선배들의 이상행동에 잔뜩 질린 나는 '결혼을 못하면 나도 저렇게 되면 어쩌지' 하며 겁이 났다. 20대 때보다 서너 배는 더 많은 결혼식을 가게 됐는데, 그때마다 난 '넌 대체 어떻게 결혼이 가능했지?'를 가장한 '축하해' 멘트를 매번 날렸다.

내가 무슨 문제가 있어서 결혼을 못하는 게 돼서는 안 됐다. 그러기 위해서는 친구들의 결혼들이 이상해야 했고, 난 저런 남자를 못 만난 게 아니라 '안' 만난 게 돼야 했다. 이 판단에 근거를 마련하기 위해 나는 결혼식 내내 '저 남자 대머리 될 거 같아', '대출이 너무 많지 않나', '저 직업은 불안정해', '일단 못생겼어' 등 머릿속으로 부정적인 생각을 열심히 떠올렸다.

남자 사람 친구들의 결혼도 마찬가지다. '친구로는 몰라도 남편감은 아니지', '저 여자는 자기 신랑의 전여친들이 한 트럭은 된다는 것을 알까', '두 달 안에 바람피운다에 손모가지를 건다' 등등.

그러다 보면 신랑 신부가 어떤 러브스토리를 써서 어떻게 결혼에 골인했는지, 서로를 얼마나 아끼고 사랑하는지에 대해서는 단 1초도 관심을 가지지 않은 채 스테이크와 신랑 혹은 신부만 실컷 씹고 오는 경우가 허다했다.

물론 겉으론 절대 이를 인정하지 않는다. 나는 친구들의 좋은 소식을 듣는 내내 웃는 표정을 지었다고 자부하고 있으며, 결혼식에서는 매우 성숙한 하객의 매너를 지켰다고 생각한다.

내 자존감을 지키기 위해 친구의 행복을 폄하해야 하는 이 못난 심리는 스스로도 인정하기 싫은 부분이기 때문이다. 인격이 미성숙한, 혹은 자기 포장이 어설픈 애들은 이 못난 심리를 꼭 밖으로 들킨다. 취업했다는 친구의 회사를 대놓고 깎아내리거나, 결혼식에 가서 신랑 전여친 얘기를 꺼내서 주위를 경악케 만드는 애들. 하지만 우리가 그들에게 진짜로 기겁하는 건, 어쩌면 저 경박한 애들의 멘트와 내 무의식에 아주 작은 교집합이 있음을 인정해야 하는 공포 때문일지도 모른다.

이렇게 저렇게 다 빼고 나면, 내가 친구들의 경사 앞에 순수하게 기뻤던 순간은 그들이 나와 아무 관계없는 분야에서, 나의 행복감에 전혀 위협이 되지 않는 선에서 성공을 거뒀던 때였다.

예를 들어, 친구가 고깃집을 차려 장사가 잘된다면 나는 진심으로 기쁠 것이다. 요식업에 아무 관심도, 정보도 없으므로 순수하게 친구를 축하해줄 수 있다. 고깃집 사장인 친구와 작가가 직업인 나의 성공 척도는 매우 다르므로, 그의 성공에 내가 주눅 들 일도 없다. 나는 친구의 장사가 잘되길 진심으로 바라며 수시로 얼굴 도장을 찍을 용의가 있다.

그런데 그런 친구와는 공감대가 떨어진다. 옛날 얘기는 재미있게 할 수 있겠지만, 그 외엔 무슨 얘기로 공통의 화제를 끌어내고, 서로의 앞길에 진심 어린 조언을 할 수 있을지 막막하다.

그래서 아이러니가 발생한다. 진심으로 축하할 수 있는 상대와 만났을 때는 재미가 없고, 미래나 현재의 내 고민과 관련해 다수의 공통점이 있는 친구에게는 미묘한 경쟁심이 든다.

이 아이러니를 인정하는 것은 꽤 어려운 일이다. 나는 왜 과거, 현재, 미래를 함께하면서 그들에게 일말의 질투심을 갖지 않는 완전무결한 우정을 갖지 못하는가. 왜 나는 이토록 사랑하고 좋아하는 친구들에게 이런 못나빠진 생각을 갖는가. 누가 볼까 무서운 내 무의식은 나를 얼마나 나쁜 년으로 만들고 있는 것인가. 끝없이 자책하게 된다. 나도 꽤 오랜 시간 괴로웠다.

그런데 이를 쿨하게 인정해버리면 적지 않은 소득을 얻는다는 걸 알게 됐다. 그래, 친구이긴 하지만 네 성공이 부러워. 그래, 나는 너보다 늦게 성공할까봐, 아니 너와 나의 계급이 아예 달라질까봐 두려워. 그래, 나는 네가 정말 잘되길 바라지만 내가 자괴감이 들 정도는 아니었으면 좋겠어. 나도 인정하기 싫은 내 속마음을 인정하면, 의외로 친구와의 관계가 괜찮아진다. 그들을 이해할 수 있으니까.

왜 친구라는 것들이 내 좋은 소식에 꼬투리를 못 잡아 안달이었는지, 왜 나의 기쁜 소식에 건성으로 축하 한마디 하고 금세 화제를 돌렸는지, 왜 가끔은 가장 가까운 적처럼 느껴졌는지가 자명해진다. 그들도 나와 같은 사람이었던 것이다.

찌질이 같은 내 자신을 인정하고, 그 기준 그대로 친구에 대한 기대치도 낮추면 '저 인간의 우정은 진짜일까' 같은 세상 쓸데없는 생각 따위를 덜하게 된다.

친구를 새롭게 정의해야, 진실 된 친구가 없다는 막연한 외로움에서 벗어날 수 있다. 친구는, 원래 내 성공에 배 아파하고 그럼에도 응원해주는 존재, 가끔은 응원도 해주지 않는 존재이다.

내가 그러니까, 남들도 그런 건 당연하다.

힘내라는 폭언

○

진짜 죽을 것같이 힘든 순간이 있다. 가만히 있다가는 조만간 폭 하고 고꾸라져서 피를 철철 흘릴 것 같아 사람들에게 구조를 요청하듯 고민거리를 털어놔야 할 때가 있다.

내게도 그런 순간이 꽤 있었다. 직장인은 출근할 때마다 사표를 쓴다지만, 특히 그 사표가 더 절실할 때가 있게 마련이다. 직장생활 10년차. 내게도 그런 때가 없다고 할 순 없다. 아니, 어쩌면 보통 사람보다 더 많았는지도 모른다.

처음에는 혼자 끙끙 앓았다. 어찌나 끙끙 앓았던지 안 아픈 데가 없었다. 수사학적 표현이 아니다. 실제 진료를 받던 대학병원에선 내 차트가 제대로 접히지도 않을 만큼 두꺼웠다. 놀라지 마시라. 순환기 내과, 산부인과, 피부과, 정형외과, 치과, 내과 등 모든 진료의들이 내 병의 원인으로 스트레스를 꼽았다. 심장이 갑자기 빨리 뛰는 것도, 월경을 6개월째 건너뛰는 것도, 온몸에 새빨간 발진이 일어나는 것도, 목에 디스크가 생긴 것도, 턱 관절에서 탁탁 소리가 나더니 결국 입이 벌어지지 않게 된 것도, 먹는 것마다 토하는 것도 모두 스트레스 때문이었다.

회사생활을 하며 그 안에서 벌어지는 일은 절대 외부에 발설해서는 안 되며, 상사 때문에 힘들어도 다른 사람들에게 절대 들켜서는 안 된다고 배웠다. 업계 관계자들에게 이 바닥에서 크게 성공할 사람으로 보여야 했으니, 내 모습은 늘 파이팅이 넘쳐야 했다. 그게 프로페셔널이라고 자부했다. 가끔은 나조차도 스스로를 속였다. 이 직업은 적성에 잘 맞는다고, 내 자존감에 생긴 5센티미터짜리 균열은 금방 메꿔질 거라고 말이다.

결국 모든 의사들이 정신과 진료를 추천하고, 난생처음 가본 그곳에서 심각한 우울증 진단을 받고서야 사표를 썼다. 뻣뻣하게 버티다 툭 하고 부러진 셈인데, 그때 나는 어렴풋이 후회를 했던 것 같다. 내가 좀 더 솔직했다면, 차라리 눈물이라도 왈칵 쏟고 내질러봤다면. 비록 프로페셔널해 보이진 않더라도, 결과적으론 더 버티는 사람이 될 수 있지 않았을까.

10개월가량을 쉬고 다시 회사생활을 시작했을 때, 변하기로 아니 변해보기로 했다. 아무리 성공해도, 인정받아도, 내가 불행하면 버틸 수 없다는 걸 깨달았기 때문이다. 전에 직장 생활할 때와 정반대로 행동하기 시작했다.

찜찜한 기분이 들면 혼자 고민하지 않고 상대방에게 단도직입적으로 물었다. 화가 나면 쌍욕도 했다. 뭔가 내 뜻이 제대로 전달이 안 되거나, 내 감정이 무시당한다고 느낄 때면 앞뒤 안 가리고 울어버리기도 했다. 그러니까 뒤끝이 없어졌다. 그 어떤 것도 내 마음 한구석에 남겨두지 않게 됐고, 그 결과 내 예상보다 훨씬 더 오래 버틸 수 있었다. 물론, 병원도 자주 가지 않았다.

드디어 먼저 고민을 털어놓는 데에도 성공했다. 다른 사람들이 알아선 안 될 세부적인 것들은 생략하고라도, 이러이러해서 지금 내 기분이 이래, 라고 말하는 사람이 됐다. 내가 곧 이 바닥을 씹어먹을 사람이라고 뻥치고 돌아다녀도 모자랄 판에, 진로 고민까지 자주 털어놨다. 나만 믿고 나한테 투자하라고 설득해도 성공할까 말까 하는 판에, 벼랑 끝에 내몰린 내 처지를 한탄했다. 그러고 나면 속이 후련했다.

이것만으로도, 사람들에게 뭔가를 털어놓는다는 게 얼마나 정신건강에 도움이 되는지 충분히 깨달았다. 무엇을 이루고 성공시키든, 내 감정에 솔직할 수 없다면 아무 소용이 없다는 것이 바로 진리였다.

그런데 딱 거기까지였다. 내 답답한 마음을 툭 말해버리는 상쾌함, 잘 알지도 못하면서 '그래도 넌 살 만하지 않니'라고 말하는 입을 다물게 하는 후련함. 그 이상은 바라선 안 되는 거였다.

하지만 사람이라는 게 간사해서, 그냥 털어놓는 것만으로도 좋다고 생각하다가도, 상대의 리액션이 신경 쓰이기 시작한다. 그리고 그 리액션은 절대 나를 만족시키는 법이 없었다.

힘들다고 말하는 사람에게 "힘내"라고 말하는 건, 내 말을 제대로 듣기라도 했다는 뜻일까. 도무지 힘을 낼 수 없는 상황이라고 말하고 있는데 "힘내"라고 말하는 건, 이제 내 우울한 얘기는 그만 좀 듣고 싶다는 말일까.

큰맘 먹고 털어놓은 내 고민이라는 게, 내 입에서 나와 상대의 리액션을 거쳐 다시 내 귀에 들어오면 참 보잘것없이 민망해지는 그런 상황이 있다. 내 딴에는 심각한 얘긴데, 듣는 사람에게는 그저 지루한 얘기구나 하는 게 명확해지는 순간. 오늘 이 자리를 즐겁게 마치기 위해서 내 속 얘기는 그만해야겠구나 눈치 채야 하는 상황 말이다.

그래도 이건 낫다. 종종 대화는 '누가 더 힘든가' 배틀로 나아간다.

"그건 아무것도 아니야. 난 말이야"로 시작하는 레퍼토리. 죽을 것같이 힘들다는 친구의 말을 자르고 자기 힘든 얘기를 꺼내는 심리는 뭘까. 나도 너만큼 힘드니까 닥치라는 뜻일까, 아니면 나도 그만큼 힘드니 같이 죽자는 걸까. 힘든 사람에게 다른 힘든 사람의 사연을 들려주는 게 과연 위안이 되는 걸까?

가끔은 진짜 힘이 되는 조언을 듣기도 한다. 진심에서 우러나오는 충고나, 내가 미처 생각지도 못했던 돌파구가 나타나기도 한다. 하지만 이 '횡재'를 만나기 위해서는 정말 많은 "힘내"를 거쳐야 한다. 그 많은 "힘내"에 속상해하지 않고, 꿋꿋하게 "오늘은 날이 아니군" 하고 넘길 수 있을 때, 진짜 내게 필요한 누군가를 찾아낼 수 있다. 왜 너는 내 속내에 관심이 없냐고 투덜거려봐야, 자신의 진상 그레이드만 높아질 뿐이다.

그리고 그 진심 어린 충고나 생각지도 못했던 돌파구가 마냥 좋은 것만도 아니다. 아무리 옳은 말도, 내가 꼬였을 땐 별 소용이 없다. 실은 나도 그게 정답인 거 아는데, 상대의 말이 매우 논리적이고 합리적인 걸 아는데도 그게 더 짜증이 난다.

"누가 그게 정답인 걸 몰라서 이래?"

"난 지금 이렇게 힘들어 죽겠는데, 너는 그렇게 팔짱끼고 매사 객관적으로 봐야 돼?"

나는 내 고민을 귀담아듣고, 함께 대처방안까지 생각해준

고마운 은인들에게 이딴 말을 날렸다. 그럼 다시, 결론은 "힘내"다.

수많은 "힘내"를 겪고 나서, 나는 다시 감정 숨기기의 필요성을 절감했다. 순간의 통쾌함을 위해서 내 점수를 꽤 많이 깎아먹고 있었다. 예전처럼 화병으로 병원 신세를 지진 않았지만, 어느새 내 별명은 투덜이가 돼 있었다. 어느 날 상사는 "너 회사 그만두고 싶어 한다며?"라고 물었다. 그토록 믿었던 후배와 동료로부터 "힘내"를 얻어내고 받아든 성과물이었다.

생각해보면, 내가 이기적이었는지도 모른다. 내 상황을 제일 잘 아는 건 나다. 그런 내가 답이 없는데 생판 남이 그걸 갖고 있을 리 없다. 갖고 있다 해도 상대의 상황에 제대로 귀 기울일 자세가 안 돼 있을 때가 많았다. 내가 원하는 답은 따로 정해져 있었다. 나는 대체 뭘 바란 걸까. 각자 고민만으로도 힘겨운데 내 어려움까지 똑같이 느끼고 이입해 달라는 건 대체 무슨 욕심인가. 친구가 독심술사도 아닌데 내가 원하는 리액션을 안 해준다고 섭섭해하는 건 가당키나 한 말인가.

입장을 바꿔, 내가 털어놨던 무수한 고민들, 누가 내게 그 고민을 가져왔다면 나라고 뾰족한 수가 있었을까. 딱 하나 해줄 말이 생각난다.

"힘내."

나는 내 감정을 풀 수 있는 다른 방법을 연구하고, 그래도 안 될 땐 미리 친구들에게 정답을 알려주고 시작하기로 했다.

"애들아, 나 지금부터 회사 때려치울 거라고 말할 거거든. 그럼 무조건 때려치우라고 해줘. 그래도 나 안 때려치울 거거든. 일단은 무조건 때려치우라고 맞장구쳐줘. 그럼 시작한다. 오늘 무슨 일이 있었냐면 말이야."

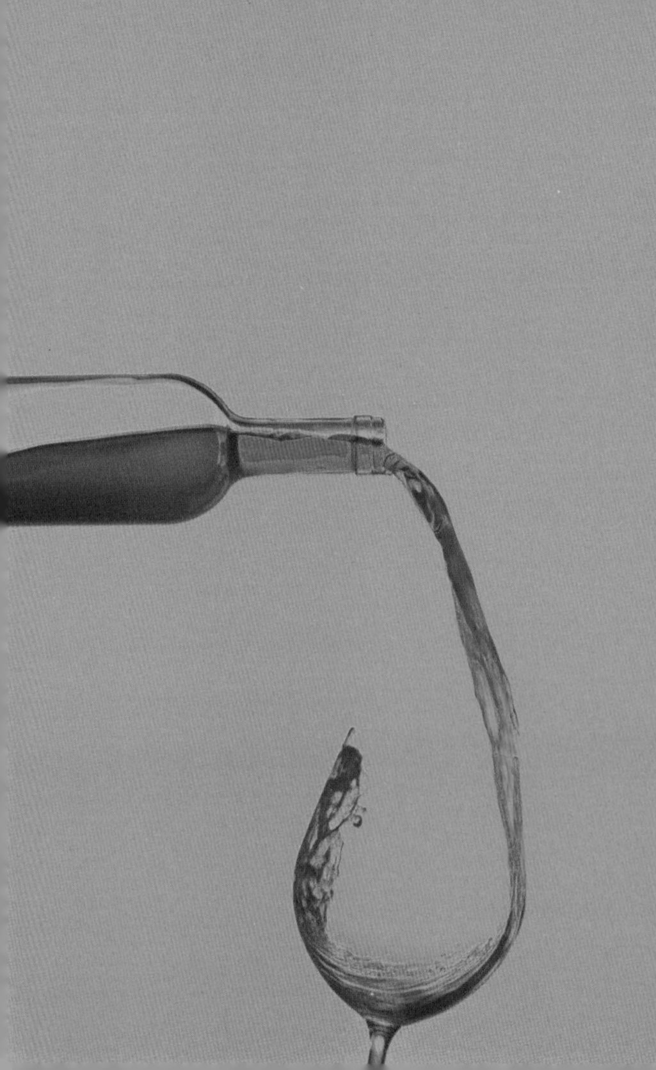

나는 지금도 씹히고 있다

○

흥겨운 술자리. 내 얘기, 네 얘기가 바닥을 보일 때쯤 어김없이 소환되는 게 있다.

"내가 어제 초등학교 동창을 만났는데, 세상에 걔가 말이야."

"우리 부장님이 자기 친구한테 들었다던데 말이야."

바로 내 친구, 내 친구의 친구, 친구의 친구의 친구 되시겠다. 그들의 이야기는 십중팔구 재미있다. 남의 이야기는 일단 흥미로운데다, 몇 사람을 거치면서 적당히 각색도 됐을 것이기 때문이다.

회사 돈을 횡령한다는 친구의 친구부터 원나잇 하다 변태를 만난 친구의 친구까지 정말 다양한 얘기들이 공유된다. 그래서 우리는 다 알게 된다. 가정적이기로 소문난 어느 유부남이 몰래 만난다는 세 명의 여자 친구, 어여쁜 예비신부가 받았다는 질 필러 수술 이야기까지 말이다.

주인공이 누구인지까지 알 필요는 없다. 그냥 세상에 그런 사람이 있다는 것만으로도 흥미롭다. '친구'라는 익명 뒤에 숨겨줬으므로 말하는 사람도 양심의 가책을 덜고, 듣는 나도 주인공이 누군지 알 방법이 없으므로 2차, 3차 확산에도 거리낌이 없다. 아마도 내가 말한, 내가 겪은, 내가 당한 다양한 일들도 상상치도 못한 어딘가에서 회자되고 있을지도 모를 일이다. 수많은 친구의 친구 얘기를 듣고 퍼나르면서도 거기까지는 미처 상상하기 어렵다.

그냥 비밀만 공유되면 차라리 괜찮을지도 모른다. 대부분은 그 당사자에겐 미처 하지 못한 잔인한 품평이 뒤따른다.

"내 친구지만, 걔 진짜 골 때리지 않니."

"그 새끼, 부인한테 걸려봐야 정신 차리지."

이쯤 되면 이 대화의 목적이 걱정인지, 뒷담화인지, 웃긴 얘기 공유인지 모호해진다. 하지만 어쨌든 화자는 사연의 주인공에게 비밀을 지킨 게 된다. 그 주인공이 누군지는 말하지 않았으니까. 그 주인공을 알 만한 사람들에게는 입을 꾹 다물었으니까.

나는 무심코 내 얘기를 쏟아내다, 가끔 궁금해졌다. 내 앞에서 걱정스러운 표정을 짓고 있는 이 친구가 속으로는 '이 얘기 내일 여자 친구한테 해주면 완전 재미있어하겠다'라고 생각하고 있는 건 아닐지. 그러면서 이 친구는 어떤 첨언을 덧붙일 것인지.

그래도 사랑하는 친구에게 내 얘기를 레퍼토리로 몇 개쯤 주는 것은 괜찮다. 친구들끼리 왁자지껄 자기 얘기를 스스럼없이 늘어놓는 자리는, 피차 나랑 상관없는 데서 맘껏 떠들어도 된다는 무언의 합의가 돼 있는 것인지도 모른다.

그런데 어떤 얘기는 주인공을 밝혀야만 한다. '내 친구, 회사에서 물 먹을 것 같다고 걱정하더라'보다는, '3년째 남자도 못 만나고 일만 하던 내 친구 있지? 걔 회사에서 물 먹을 것 같다고 걱정하더라'가 훨씬 더 재미있다.

가끔은 내가 직접 한 얘기도 아닌데, 제3자를 통해 퍼져나간다. '걔, 회사에서 물 먹을 것 같다고 걱정하더라'보다는 '사람들이 그러는데, 걔 회사에서 물 먹을 거래'가 훨씬 더 재미있다.

그런 얘기는 당연히 한 바퀴 빙 돌아 내게로 돌아온다. 나쁜 소식일수록, 정말 빨리 돌아온다. 좋은 소식은 정말 느리다.

이를 실감한 일이 있었다. 소설 《열정, 같은 소리하고 있네》를 출간했을 때였다. 드라마화를 염두에 두고 있어서, 평소 잘 알고 지내던 두 사람에게 드라마 제작자를 소개시켜 달라고 부탁했다. 그 무렵 지인을 통해 영화화 쪽으로 생각이 없느냐는 연락이 왔고, 영화제작자를 소개받았다. 어찌된 일인지 관심이 있었던 드라마 쪽으로는 얘기가 잘 풀리지 않았는데, 영화 쪽에서는 꽤 반응이 좋았다.

그리고 딱 며칠이 지났을까? 내 귀에 무슨 소식이 들려왔는지 알아맞혀 보시라.

"혜린이 걔 드라마 만들려고 용쓰고 다닌다며? 근데 다 까인다며?"였다. 단 두 번의 드라마 미팅이 '다 까이고 돌아다니는 일'이 되는 건 일주일도 채 걸리지 않았다. 반면 영화화가 된다는 소식은 진짜 느리게 퍼졌다. 심지어 영화 판권 계약을 하고 4년이 지난 시점까지도 "어제 들었어요. 축하해요"라는 말을 들었다.

이런 일이 반복되다 보니 내가 곤경에 처했을 땐, 없던 편집증이 생길 거 같았다. 내 불행이 누군가의 술자리 레퍼토리가 된다는 건 정말 끔찍했다. 내 얘기가 공유되는 자리란 자리는 모두 가서 사실 관계를 바로잡아주고, 내 입장을 덧붙이고 싶은 욕구를 느꼈다.

내가 남의 불행을 전달할 때 걱정하는 척 감춰야 했던 환희,

남의 실패를 전달할 때 묘하게 느꼈던 안도감, 남의 황당한 일을 전달할 때 결국 터뜨리고 말았던 웃음. 누군가가 나를 통해 이딴 걸 느끼고 자빠져 있다고 생각하면 부아가 치밀었다.

남의 얘기에 초연해지라는 조언은 꽤나 흔해빠진 얘기지만, 사실 이만큼 지키기 어려운 것도 없다. 업계를 주무르는 유명 인사들마저도 자기 기사 댓글 하나에 파르르 떨고 죽을 것같이 괴로워하는 걸 정말 여러 번 봐왔다. 사람들이 나에 대해 떠들고 있을 게 뻔한데, 이를 보지 않고 듣지 않고 무시할 수 있는 방법은, 이 세상에 절대 없다.

유일한 해결책은 차단이다. 그 누구에게도 말하지 않으면, 그건 비밀이 된다. 누군가에게 들킬 수밖에 없는 상황이라면, 당분간 사람을 피하면 된다. 온라인이 시끄러우면 인터넷을 잠깐 끊으면 된다. 하지만 이는 사실상 불가능하므로, 결국 이런 질문을 하고 만다.

"사람들이 뭐래?"

내 경험상 이 얘기 역시 한 바퀴 돈다.

"네가 사람들이 어떻게 생각하는지 되게 걱정한다더라."

실패한 것도 모자라 궁상맞은 사람이 돼 버린다.

인정하는 수밖에 없다. 내가 남의 험한 얘기를 좋아하는 만큼 (대놓고 좋아하느냐, 아닌 척 좋아하느냐의 차이가 있을 뿐이다) 남들도 나의 실패담에 관심이 많다. 아니, 관심까진 없어도 아주 잠깐이나마 귀를 쫑긋할 것이다. 내가 뭐 그리 대단한 사람이라고, 예외가 될 수 있겠나. 어쩌면 남들보다 더 맛있는 안주거리일지도 모른다.

절대 씹히지 않을 자신이 없으면, 차라리 맛있는 안주가 되는 편이 낫다. 씹어도 씹어도 끝이 없어서 오히려 짜증나는 안주도 있고, 너무나 비참해서 씹기도 미안한 안주도 있다. 그에 비하면 꽤 괜찮은 안주가 분명 있다. 사람들이 날 씹으면서 행복하다는 건, 그만큼 내가 특별하다는 뜻이라고 '착각'해주는 것도, 정신건강에는 좋을 일이다.

차라리 잘 나가는 척

○

오랜만에 동창들을 만나고 거나하게 취해 택시를 탔다. 어둠 속에서 출렁이는 한강을 물끄러미 보면서 집으로 돌아오는데 괜히 눈물이 핑 돌았다. 바쁘게 살아서 몰랐다. 나와 같은 출발점에 있던 이들이 저만큼 앞을 달리고 있다는 사실을. 그리고 내가 얼마나 뒤처지고 있는지. 재테크, 해외여행, 육아, 승진 등 인생의 건설적인 얘기들 앞에서 나는 유일하게 철 안 들고 앞날이 깜깜한 인간이었다.

반박할 수 없었다. 나는 정말 철이 들지 않았고, 앞날이 깜깜했다. 하루 12시간 기사를 쓰고, 또 술자리까지 가서 소주를 글라스째 원샷하며 살면서도 연봉은 친구들의 10년 전 초봉을 겨우 웃돌았다. 그나마도 그 절반은 택시비에 몽땅 갖다 바쳐서 남은 게 없었다. 설, 추석, 여름휴가 한번 쉬지 못하고 책을 썼는데 아직 무명작가에 불과했다. 어려서부터 독신을 외치고 다녔지만, 밤 11시에 데리러 온 남편의 차에 올라타는 친구를 보며 전혀 부럽지 않았다고 말할 자신도 없다. 친구들보다 5년은 어려 보이는 옷차림을 하고, 엑소 같은 유명 아이돌 그룹의 멤버들 이름을 줄줄 다 외운다는 건 전혀 위안이 되지 못했다.

"솔직히 나는 혜린이 네가 좀 더 큰일을 할 줄 알았어."

전날 밤 콘서트 취재를 갔다가 감기에 걸려 골골대던 나를 걱정하던 친구가 한 말이었다. 사회부라던가, 정치부라던가, 내가 나라를 들썩이는 부서에서 뛰어다니며 특종을 쏟아낼 줄 알았다는 친구의 말은 칭찬일까, 욕일까. 그 친구 눈에 한없이 '작은 일'을 하고 있는 나는 기분이 묘했다.

"야, 너 그 직업 완전 어울리거든. 원래 그런 거 좋아했잖아."

다음 날 진로 고민을 털어놓는 내게 다른 친구가 메신저로 건넨 말이었다. 그러고 보면 나는 드라마와 영화에 환장했고, 신곡에 있어서는 누구보다 빠삭했다. 친구의 말이 틀린 건 아니었다. 하지만 '그런 거'를 업으로 삼고 있는 나는 묘하게 기분이 나빠져서 메신저 창을 꺼버렸다.

내가 생각해도 지랄 맞긴 했다. 지금의 상황이 내 맘에 안 드니까, 괜히 애꿎은 친구들 말에 펄쩍 뛰고, 불같이 화를 내고, 기억해뒀다가 자기 전에 하이킥을 날려 댔다. 다 꼴 보기 싫었다.

이제야 이해했다. 깊은 슬럼프를 마치고 돌아온 사람에게 '왜 그동안 연락 안 했어!'라고 호통 치는 게 얼마나 바보 같은 일이었는지. '힘들수록 날 찾았어야지'라는 말은 100퍼센트 선의였으나, 그건 진짜 힘든 게 뭔지 모르는 철부지의 투정에 지나지 않은 말이었다. 그 어떤 말도 따뜻하게 들릴 수 없는, 그래서 아무도 안 보는 게 차라리 맘 편한 상황이 분명 있다. 안 그래도 힘들텐데 왜 혼자 은둔을 하고 있는 건지, 또 오랫동안 잠수를 타고 돌아온 사람을 왜 아무 일 없었다는 듯 또 받아주는 건지, 나는 제대로 이해할 수 있었다.

굳이 특별한 상황이 아니어도, 마치 일상처럼 시험대에 올라가 앉아야 할 때도 많았다. '너 요즘 왜 TV에 안 나오니', '신곡은 언제 나오니'라는 질문을 받기 싫어 사람들을 피한다는 연예인의 심정도 이제 이해가 되었다.

"돈 많이 벌었겠다."

책이 팔려야지!

"다음 책은 언제 나와?"

지난주에 나왔거든.

"영화화는 어떻게 돼 가고 있어?"

백만스물두 번째 질문이다.

사람을 만난다는 건 내 상황이 얼마나 불완전하고, 엉거주춤한지 끝없이 나불거리고, 확인받아야 하는 일이었다.

"너도 이제 정신 차려야지. 네 나이면 좋은 남자 만나기 힘들어, 이제. 다 어린 여자 찾거든. 눈 좀 낮춰라."

한때는(아마도 13년 전쯤) 나 좋아 죽겠다던 놈이 자기 결혼을 앞두고 이딴 말을 내뱉을 땐 진짜 표정 관리가 어려웠다. 더 짜증나는 건, 어느새 그 녀석의 말이 진짜일지도 모른다는 불안감이 몰려온다는 사실이다.

왜 즐거워야 할 친구들과의 재회가 상처로 끝난단 말인가. 나는 몇 번의 시행착오 끝에 '솔직하면 나만 바보가 된다'는 결론에 다다랐다. 요령껏 하는 거짓말, 혹은 허풍은 오히려 친구들과의 관계를 더 돈독하게 만드는 것도 같았다. 공격이 들어오기 전에 방어를 치는 것이다.

우선 내가 아는 사람 중에 가장 핫한 사람을 들먹인다. 고위 공무원, 클럽이나 레스토랑 핫플레이스 관계자, 대기업 임원, 연예인, 하다못해 재벌가의 건너건너 아는 사람까지 아무나 소환해 슬쩍 흘린다. 리조트 숙박권을 싸게 구해 달라는 둥, 지금 이 자리에 연예인을 부르라는 둥 난감한 민원이 나올 수도 있지만 '감히' 그런 엄두도 내기 힘든 어려운 상대일수록 좋다. 인맥 과시로 보이면 안 되므로, 한번 만날 때 한두 명만 언급하는 게 좋다. 누군가는 다른 사람을 팔아 자신의 가치를 높이려는 이 행위를 매우 '저급'하다고 하겠지만 그런 인간은 내세울 거 하나 없이 동창들과 술 한잔 안 해봤음에 틀림없다. 가릴 때가 아니다. 일단 방어막에 도움만 된다면, 뭐든지 불러들여야 한다.

바쁜 척도 필수다. 사실 어젯밤 칼퇴근해서 밤 10시도 안 돼 잠들었다는 얘기는 굳이 할 필요가 없다. 쓸데없이 휴대폰을 뒤적이지 말고 특정 시간마다 알람이라도 울리게 설정해두는 게 낫다. 친구들을 만나기 직전에 여기저기 잔뜩 카톡을 보내놓고 전화를 돌려놔서, 카톡이 계속 울리고 콜백이 계속 오게 해두는 것도 한 방법이다. 전화를 받으러 나가서는 짧은 통화를 마치고 화장실에 가서 볼일까지 보고 오는 것도 바쁜 척하는 한 방법. 휴대폰을 변기에 떨어뜨리거나, 휴지걸이에 올려놓고 돌아오는 실수만 안 하면 된다.

변변찮은 사생활을 숨기고 싶으면 그냥 2주 전쯤 헤어졌다고 해버린다. 2주면 이별의 멘붕에선 벗어났지만, 새 연애를 못하는 게 바보 같아 보이기엔 다소 이르니 적당하다. 굳이 사연을 밝혀야 되는 분위기면, 변비 걸린 개미 똥만큼의 '썸'도 세기의 로맨스로 둔갑시키면 그만이다. 외롭고 궁상맞은 실생활을 까발려봐야 소개팅 제의는 안 들어온다. 상황 봐서 소개팅 해줄 마음도 없으면서 잔소리만 쏟아질 것 같을 땐 그냥 '알아서 잘 만나고 있음' 모드가 편하다. 진짜 소개팅을 해줄 만한 상대가 있으면 임자가 있어도 은근히 찔러보니까. "그렇게 궁해? 잠깐만. 괜찮은 사람 있어"라고 하면서 즉석에서 찾는 상대가 괜찮은 이성

일 가능성은 거의 제로라고 봐야 한다.

뭐 이렇게까지 해야 하나 싶지만, 그래도 무방비로 이 말 저 말에 찔리는 것보다는 이게 낫다. 사람들은 정말 다른 사람의 상처를 아무렇지도 않게 후벼대니까. 나만 뒤처진 것 같다고 느끼는 것만큼 구린 기분도 없는데, 내가 지금 딱 그 기분이란 것까지 들켜줄 필요는 없다.

친구라고 다를 게 있겠나. SNS에 올라오는 값비싼 음식도, 밤 11시에 데리러 오는 남편도, 대단히 안정적으로 보이는 직장도, 그 이면은 있게 마련이다. 그게 그들의 방어일 뿐일 수도 있다.

상황도 변한다. 우리 삶에는 역전이라는 게 있으니까. 친구들과 만나고 돌아서서 씁쓸한 기분을 느껴본 사람들에게는 언젠가 스윗소로우가 인터뷰 때 했던 말을 전하고 싶다. "데뷔 초기 무명 가수의 길을 걷기 시작했을 땐, 좋은 직장에 가서 빨리 자리 잡은 친구들이 부럽지는 않았었냐"는 내 질문에 그들은 이렇게 말했다.

"친구들이 우릴 정말 불쌍하게 봤었죠.(웃음) 처음엔 저를 후원해주겠다고 문자를 보내기도 했어요. 그런데 지금은 어때요. 직장인이 예전처럼 안정적인가요? 시간이 흘러, 이제 친구들이 더 불안해하고 있어요. 반면 우리는 탄탄한 고객을 가진 자영업자가 된 셈이죠."

《방법》

혼자서도 잘 놀기

유출되면 큰일나는 일기 쓰기

식당이 떠나가라 웃다가, 문득 깨달았다.

'지금 이 이야기, 적어도 열 번은 했어.'

사람들을 자주 만나다 보면, 주로 하는 이야기만 하게 된다. 물론 상대에 따라 이성 이야기가 중심이 되기도 하고, 일 관련 이야기나 과거의 이야기가 주로 나오기도 하지만, 어찌됐든 사람들과 나누는 이야기 주제라는 건 극히 한정적이다. 내 안에 휘몰아치고 있는 광대한 이야기들에 비하면 말이다.

나의 자존감, 친구의 자존감을 건드리지 않는 안전지대 안에 있는 얘기만 하다보면, '너 그때 기억나?' 혹은 '그 잘생긴 남자 봤냐' 같은 시답잖은 얘기들뿐이다.

물론 그런 얘기들은 힘을 준다. 교복 입었을 때가 제일 행복했다는, 평생 동의할 수 없을 것 같았던 어른들의 말이 옳다는 걸 깨달은 이후론, 교복을 입고 벌였던 그 많은 추억담이 그토록 즐겁고 신날 수가 없다. 그래, 내가 고등학교 땐 인기가 좀 있었지. 그래, 그때는 틀린 건 틀렸다고 말해야 직성이 풀리는 인간이었어. 그렇게 나름 좋았던 시절을 돌아보고 나면 직장에서 한없이 쭈그러져 있고 주말에는 집에서 말라비틀어져 있는 현재를 잠시나마 잊을 수도 있다.

잘생긴 남자 얘기도 마찬가지다. 어차피 남의 떡이 될 테지만, 그에 관해 얘기하고 있으면 마치 그 순간만큼은 내 것이 될 수도 있을 것 같은 착각마저 든다. 그게 옆 부서에 발령 난 꽃돌이든, 드라마에 나오는 재벌2세든, 학창시절 학교를 점령했던 전교회장이든 말이다.

하지만 이런 얘기들이 주는 효과는 한시적이다. 잠깐이나마 들뜰 수 있지만 시간이 지난 후엔 오히려 더 씁쓸하다. 우린 과거로 돌아갈 수도, 만인의 연인을 내 남자로 만들 수도 없으니까. 지금의 내 상황과 극명한 대비를 이루며 현재가 더 불행해지는 악순환의 연속이다.

그럴 때는 일기 쓰기를 추천한다. 글 쓰는 것 자체가 고문인데, 뭐 하러 스트레스 받아가며 일기를 쓰냐고 묻고 싶다면, 그건 일기 쓰는 방법을 잘못 알고 있어서다. 날씨 필요 없고, 오늘 내가 뭐 했는지 필요 없다. 누구도 보지 않는데, 형식 파괴, 문법 파괴, 괜찮다. 실제와 허구를 오가도 된다.

단 한 가지 철칙이라면, 스스로도 인정하기 싫었던 못난 감정들이나 머릿속에서 지우고 싶은 멍청한 실수들을 떠오르는 대로 쓰는 것이다. '나는 후배보다 실력이 없다', '나는 그래도 재보다는 낫다고 생각한다', '진짜 내 타입은 아니긴 한데 딴 여자를 선택하니 짜증난다', '정말 술김에 자긴 했는데, 아주 조금은 좋았다' 등을 솔직하게 쓰는 거다. 만약, 아무도 안 보는 글이라고는 해도 '내 얘기'로 도저히 받아들기 싫은 일이 있다면, 그때는 살짝 남의 얘기로 둔갑시켜보자. A양, B군을 등장시켜서 말이다. A는 회사에서 점차 자기 자리가 좁아지고 있음을 느꼈다. B는 발기의 단단함이 예전 같지 않다고 느꼈다.

누구한테도 말하고 싶지 않고, 스스로도 부정하고 싶은데 스멀스멀 고개를 들며 존재를 드러내기 시작하는 감정을 있는 그대로 써보는 거다. 내 안에 있는 검열 기준을 무시하고, 날선 감정 그대로 말이다. 한 문단을 완성할 필요도, 문장과 문장의 연결이 매끄러울 필요도 없다. 그냥 단어만 나열해도 된다.

가장 중요한 건, 나 스스로 정당화하고, 사람들 앞에 포장해서 내놓는 '나' 말고, 진짜 내 마음에 웅크리고 있는 나를 끄집어내는 것이다. 하얀 메모지, 한글 파일, 혹은 비밀 블로그에 쓴 진짜 '내' 얘기는 나 스스로를 객관적으로 보고, 엉켜 있는 내 마음을 풀 수 있는 실마리를 제공한다.

피부 관리를 받기 위해선 먼저 화장을 지워야 하듯이 검열과 포장으로 둘러놓은 가면을 없애야 진짜 나의 상태를 점검하고 뾰루지를 시원하게 짜낼 수 있다. 질투가 나는데 '난 마음이 넓어', 그 남자가 그리운데 '난 쿨해', 힘들어 죽겠는데 '난 할 수 있어!', 머리카락이 빠지고 있는데 '난 아직 젊어!' 하고 죽어라 위로해봤자, 트러블은 없어지지 않는다. 가끔 운 좋게 다시 가라앉기도 하겠지만, 대부분은 곪아서 흉터를 남긴다. 뭐든 초기에 사태를 직시하고 치료하는 것이 건강의 제1수칙이다. 신체든 정신이든 마찬가지다.

일기는 또 죄책감도 덜어준다. 내 죄를 고백하면, 그 순간만큼은 그 죄를 똑바로 볼 수 있기 때문이다. 나는 남자친구를 사랑하지만, 다른 남자와 자고 싶다. 나는 내 잘못을 후배에게 슬쩍 미룬 것 같다. 나는 저 새끼가 교통사고로 죽는 장면을 가끔 상상한다. 글로 써놓고 보면 더 끔찍하지만, 마음에 숨겨두고 죄책감을 느끼며 스스로를 괴롭히는 것보다는 낫다.

자신만을 위한 일기에서 정의로울 필요는 없다. 어차피 일기 속 세상은 주인공인 나를 중심으로 돈다. 같은 사건을 다뤘다 해도 화자가 피해자인 소설과 화자가 범인인 소설은 천양지차다. 범인이 주인공이 되면 그 사건은 일어날 수밖에 없는 일이 되기도 한다. 늘 남의 기준, 남의 시선에 맞춰 스스로를 괴롭혀 왔다면 자기 자신의 심리 상태만이 중요한 1인칭 일기가 큰 도움이 된다. '나는'으로 시작하는 문장은 많을수록 좋다.

나도 일기를 자주 쓴다. 일어난 사건보다는, 지금 나의 심정이나 상황을 직접 눈으로 보고 분석한 글이 주를 이룬다. 내 생애 최악의 실수도, 누구도 알아선 안 될 불순한 생각도 모조리 적어둔다. 남이 보면 큰일 날 얘기를 써내려가는 스릴감도 짜릿하고, 그 글 속의 나에게서 전에는 몰랐던 내 모습을 발견하기도 한다. 일기 속의 나는 스스로 생각하는 것보다 훨씬 더 소심하고, 속물적이며, 사람들의 사랑과 인정을 갈구한다. 로그아웃해버리면, 그 속의 나는 세상으로부터 엄폐되지만, 그래도 가끔 일기 속의 나를 기억한다.

그래, 나는 상처받지 않은 척 웃고 있지만, 일기 속의 나는 지금 피를 철철 흘리고 있을 거야. 그래, 나는 의리와 정을 중시하는 사람이지만, 일기 속의 나는 계산기를 '존나' 두드리고 있을 거야.

밖으로 끄집어내지 않으면 진짜 자아는 자기 자신의 눈에도 보이지 않는다. 눈에 보이지 않으면 위로해줄 수 없다. 세상이 요구하는 기준에는 절대 부합할 수 없는 찌질한 자아는 그렇게 위로받을 기회도 차단당한 채 마음속에 웅크리기 시작한다. 쿨하고 자신만만하고 온화한 내 가짜 자아에 치여서 여기저기 멍들고 곪아버리게 된다. 남 헐뜯기 좋아하는 사회에서 이를 절대 들키지 않고, 제대로 치유하는 방법은 단 하나. 내가 스스로 돌보는 거다.

내 안의 진짜 나를 의식하고 인정하면, 의외로 많은 일이 수월하게 풀린다. 우리가 제3의 독자가 돼서 가장 현명한 솔루션을 내려줄 수도 있고, 세상에서 유일한 내 편이 돼줄 수도 있다. 예상보다 똑똑한 우리는 어수룩한 친구, 잘난 척하는 선배, 비싼 돈 받는 정신과 의사도 모르는 진짜 내 자아가 필요로 하는 일을 찾아낼 수 있다.

'덕후질'의 순작용

○

특별한 문제가 있는 건 아니어도 묵직하게 일상을 누르는 스트레스라는 게 있다. 이 스트레스는 사실 아무리 직면하고, 해결해보려 해도 답이 잘 안 나온다. 묵묵히 버티는 것밖에는 방법이 없다. 그럴 때는 완전히 도망을 쳐버리는 것도 썩 괜찮은 해법이다. 그냥 도망을 치는 수준이 아니라, 완전히 다른 세계를 창조해버리는 것이다. 하나의 세계를 완전히 닫아버리고, 또 다른 세계를 열면 희한하게도 스트레스 지수가 리셋된다.

나는 미드의 세계에 자주 빠져든다. 〈CSI〉 〈섹스앤더시티〉 〈프렌즈〉로 입문하여, 〈앨리어스〉와 〈로스트〉로 폐인이 되고 〈두 남자와 1/2〉 〈30락〉 〈오피스〉 등 거의 모든 시트콤과 코미디를 섭렵했으며, 〈그레이 아나토미〉 〈왕좌의 게임〉 〈하우스 오브

카드〉까지 장르를 가리지 않고 정주행했다. 얼마나 열심히 봤냐면, 대학 시절 토익 학원을 끊어 놓고 미드만 들여다봤는데, 수업 한번 제대로 안 듣고 LC(Listening Comprehension)가 만점 가까이 나왔을 정도다. 영어를 싫어하던 내가 자막 나오기를 못 기다려 듣고 또 돌려 들으며 보다 보니 생긴 일이었다.

아침잠이 많아 12시 전에는 학교 수업도 가지 않던 내가 〈로스트〉 다음 회를 보고 싶어 새벽 6시에 벌떡 일어나 노트북 앞에 앉는다거나, 새벽 2시에 퇴근하고도 새로 나온 〈민디 프로젝트〉를 보고 자야 행복하게 잠들 수 있는 생활이 계속됐다. 쉬는 날이면 아침에 눈뜨자마자 틀어서, 잠들기 직전까지 보는 경우도 허다했다.

하나에 빠져들면, 관심사는 자연스럽게 가지를 치게 된다. 〈로스트〉의 떡밥에 반해 J.J. 에이브럼스 감독의 영화 진출작을 열심히 연구했고, 배우 티나 페이와 스티브 카렐의 신작이 나오면 바로 극장으로 달려갔다. 미드 화법을 차용한 국내 드라마도 유심히 봤고, 화제작이라면 영드, 일드도 빠뜨리지 않았다. 원작 소설도 열심히 찾아 읽었다.

워낙 방대한 양을 보다보니, 가끔은 본 것과 안 본 게 헛갈릴 지경이었다. 그래서 미니홈피와 블로그에 내가 본 작품들을 정리하기 시작했다. 드라마, 영화, 소설, 그 외 책에 대한 감상평을 줄줄이 쏟아냈다. 어떤 건 한 줄, 어떤 건 논문 수준. 별 볼일 없는 블로그였지만, 나는 마치 독립선언문이라도 되는 양 쓰고 또 고치고 또 썼다.

결국 미드가 내 인생을 바꿨다. 언론 시사회를 통해 영화를 그 누구보다 먼저 볼 수 있다는 말에 뿅 가서 연예부 기자를 지원했다. 내 블로그에 감상평을 하루라도 먼저 올릴 수 있는 기회가 아니겠나. 그렇게 기자생활을 시작해서 어쩌다 보니 10년차가 돼 버렸다.

이미 내 길을 찾았다 해도 감성을 충전하는 '덕후질'은 필요하다. 우연의 일치인지, 유행인진 모르겠는데 성공한 음반 제작자들은 대부분 자기 사무실에 인형(내 눈에는 인형이지만, 분명 고가의 피규어일 것이다)을 쭉 나열해놓고 있다. 피규어의 가격을 들으면 헉 소리나게 마련이지만, 사실 그들은 다 제값을 해내고 있다. 감성을 충전시켜주니까 말이다. 마치 내가 종류별로 구비해놓은 미드 DVD들로부터 (한 번도 플레이되지 않았음에도) 구원을 받는 느낌과 비슷할 것이다.

비생산적인 일에 에너지를 쏟는 것, 그렇게 내 여유를 입증하는 것, 그게 사실은 가장 생산적으로 스트레스를 해소하는 길일지도 모른다. 가수 윤건은 효자동에 있는 자기 카페에 레고로 하나의 왕국을 건설해놨다. 천재 뮤지션이 허리를 숙여서 손톱만 한 레고를 갖고 노는 모습을 상상하면 좀 웃기긴 한데, 레고가 주는 기쁨을 설명하는 그의 모습은 꽤 진지했다.

사실 덕후의 이미지가 좋아진 건 최근의 일이다. 한때 오타쿠 하면, 가슴만 큰 여자 피규어를 여자친구라도 되는 양 베게 옆에 모셔두는 못생긴 남자가 떠올랐던 것도 사실이다. 아무도 이해 못할 자기 관심사를 혼자만 신나서 떠드는 눈치 없는 사람을 일컬어 '덕후'라고 폄하하기도 했다.

하지만 그 '불통'의 답답함이 오히려 전문가 포스를 강하게 풍겨주면서 덕후도 꽤 멋있을 수 있다는 인식이 생겨났다. 〈스타워즈〉에 나오는 광선검을 휘두르고, 다스베이더 목소리 흉내에 혈안인 〈빅뱅이론〉 속 너드(nerd, 원래는 바보, 멍청이를 뜻하지만 최근에는 어느 한 분야에 빠져 정통한 사람을 지칭)들은 꽤 재밌는 친구들 같기도 하다.

그렇게 스트레스 분출구를 찾아낸 것도 어찌 보면 복이다. 헌신해봐야 헌신짝 되는 회사에 올인하겠나. 꿈이 뭔지도 모르는데 무턱대고 자격증부터 따겠나. 목숨 걸어도 카톡 한 통이면 헤어지는 이성 친구에게 봉사하겠나. 열정이 있어도 쓸 데가 없는 사람에게 새로운 취미의 출현은 그 자체가 삶의 낙이다.

라면을 먹고 값비싼 카메라를 사는 삶이, 5성급 호텔 뷔페를 다니고 카메라를 갖지 않은 삶보다 행복할 수 있다. 주말 내내 미드만 보는 삶이, 영양가 없는 소개팅을 전전하는 삶보다 로맨틱할 수 있다. 기준은 내가 정하면 된다.

PROD.NO.
SCENE
TAKE
SOUND
DIRECTOR
CAMERAMAN
DATE
EXT.
INT.

날 망가지게 하는 뮤직 리스트

대학 시절, 조별 과제는 최대한 피하고 싶은 복불복이었다. 학점 집착증이 있어 그 어떤 수업도 허투루 들을 수 없었던 나는 조별 과제가 학점에 지대한 영향을 미치게 되면 머리끝이 곤두서곤 했다. 환상 호흡을 자랑하며 수월하게 좋은 평가를 받기도 했지만, 가끔은 정말 미치고 팔딱 뛰는 일이 벌어졌다.

열심히 하지도 않으면서 불만이 많은 사람이 둘 이상 모이면, 그 시너지는 가히 천문학적으로 불어나고, 방향을 잃고 표류하던 배는 순식간에 산 중턱에 올라앉게 된다.

그때도 그랬다. 악착같이 밤을 새서, 지리산 천왕봉에 올라간 배를 겨우 인천 앞바다까지 끌고 왔다. 다행히 성적은 나쁘지 않았다. 그러나 끝났다는 기쁨도 잠시였다. 어서 집에 들어가서 자고 싶은 마음뿐인 나에게 수업이 채 끝나기도 전에 문자메시지 한 통이 도착했다.

'네가 많이 한 건 알겠는데, 앞으로 그렇게 살지 마.'

누가 보냈는지는 자명했다. 발표 때 우리 조에서 화장실에 가 있던 건 단 한 명뿐이었으니까. 나는 엉거주춤 돌아온 그의 이마에 휴대폰을 내려찍지 않았다. 쿨하고 싶었다. 모른 척 자리를 떠서 곧바로 집으로 돌아왔다. 살짝 손을 들어 인사도 했던 것 같다.

하지만 화난 건 화난 거다. 열받은 건 열받은 거다. 이틀 밤을 꼬박 샌 '내 덕분에' 좋은 점수까지 얻어놓고 고맙다는 말은 못할 망정! 지금 생각하면 상대의 기분 따위 헤아릴 만큼 도량이 넓지도 않았고 독단적이기까지 했던 내가 그런 문자를 받을 만도 하다 싶지만, 당시로서는 적지 않은 상처를 받았다.

식도에 떡이 세 개쯤 걸려 있는 듯한 갑갑함. 기분전환을 위해 이것저것 해보다가 우연히 크리스티나 아길레라의 〈더티(Dirrty)〉를 듣게 됐다. 그녀가 뻥 뚫린 목소리로 '더~리!'를 외치는데, 떡이 훅 내려가는 느낌이었다. 그 자리에 쭈그리고 앉아 〈더티〉를 30번 정도 들었다. 그녀가 '더~리!'라고 외칠 때마다 기분이 조금씩 좋아졌다.

정말 믿을 수 없을 만큼 괜찮아졌다. 나는 곧장 집 밖으로 나가서 친구들과 신나게 술까지 마셨다. 그리고 집에 와 누웠을 땐, 그 문자메시지에 대해 단 1초도 생각하지 않고 잠들 수 있었다. 과연 음악의 힘이었다.

이후로도 어처구니없는 일은 제법 자주 일어났고, 그때마다 습관적으로 〈더티〉를 플레이시켰다. 사안에 따라 정도의 차이는 있었지만 효과는 분명 있었다.

그래서 리스트를 만들었다. 전남친이 보고 싶을 때, 쓸데없이 울적할 때, 화가 머리끝까지 날 때, 책을 써야 할 때, 밑도 끝도 없이 신나고 싶을 때 간편하게 찾을 수 있도록 곡 리스트를 정리해두었다.

사람의 음악 취향은 25세 이후로 변하지 않는다는데, 리스트를 살펴보면 그 말을 실감한다. 모두 그 시절 열심히 듣던 음악들로 이뤄져 있다. 신곡도 열심히 찾아듣는 편이지만, 절실할 때 찾는 음악은 역시 30세 이전에 나를 지배했던 곡들이다.

사람 많은 지하철이나 커피숍에서 이들 음악을 듣는 건 도움이 '덜' 된다. 혼자 있는 공간에서, 맘껏 망가지며 들어야 진짜 음악의 위력을 느낄 수 있다. 노래를 따라 부르고, 큰 소리를 낼 수 없다면 립싱크라도 하고, 온 몸을 흔들어야 내 안의 감정이 격앙되며 결국 아예 터져버린다.

회사생활이란, 연애 라이프란, 수시로 감정 쓰나미를 몰고 오게 마련이었다. 그럴 때마다 이어폰을 꽂고 사무실 변기에 쭈그리고 앉아 한 곡을 립싱크로 완창하곤 했다. 그러고 나면 비교적 평정심을 되찾아 노트북을 들여다볼 수 있었다.

그런데 자신한테 잘 맞는 음악을 찾아내는 건 결코 쉬운 일이 아니다. 음악프로그램을 봐야 누가 누군지 모르겠고, 음원차트 1위는 몇 시간 만에 휙휙 바뀐다. 직업 때문에 매번 신곡을 공부하지만 어쩌면 이 곡들을 다 들어보고 있는 건 기자밖에 없을지도 모른다. 더구나 재즈, 클래식 등 애초에 접근이 어려운 곡도 많다. 뭘 좀 조언을 받아보려 해도, 꼬부랑 말을 섞어가며 잘 모르는 음악 얘기만 늘어놓는 사람만큼 지루한 사람도 없다. 스트레스 풀자고 음악을 듣는 건데, 음악 들어보느라 스트레스를 더 받는 것도 웃긴 일 아닌가.

그럴 때는 영화에서 찾는 것도 좋다. 좋아하는 영화는 OST 역시 마음에 들 가능성이 높다. 좋아하는 영화가 없으면 그냥 호평받고 있는 화제작 OST 몇 개만 들어봐도 좋다. 꽤 다양한 장르의 명곡들이 대거 수록돼 있어, 나름 괜찮은 리스트를 얻을 수 있다. 평소라면 절대 알 수 없을 재즈, 클래식, 인디 음악까지 그것도 상당히 검증된 곡들과 만날 수 있다.

참고로 나는, 회사 생활이 벽에 부딪힐 때마다 〈악마는 프라다를 입는다〉 OST를 즐겨 듣는다.

혼술의 경지

○

술을 자주 먹는 사람은 두 가지 타입으로 나뉜다. 술을 좋아하는 사람과 술이 필요한 사람. 주4일, 일일 소주 2병씩 마시던 나는 후자에 속한다.

나는 꽤 많은 일을 술로 해결했다.

어렸을 땐 자존심을 지키는 도구였다. '누나 술 좀 약한데?', '여자는 반잔 꺾어 마셔도 돼', '오늘 상태가 좀 안 좋구나?' 같은 말을 들으면 소주잔에 부스터를 달고 밤새도록 달렸다. '감히 네들이 나를 얕봐, 나 강한 사람이야'를 술로 증명이라도 해야 분이 풀렸으며, 그 따위 말을 내뱉은 걸 다음날 아침까지 후회하도록 만들어주는 게 이 세상 그 어떤 일보다 중요했다. 적어도 그 시절에는.

세상 제일 게으르고 근육도 없는 내가 '강함'을 뽐낼 수 있는 분야는 술이 유일했다. 경연의 장은 시도 때도 없이 열렸고, 수업 도중 빠져나와 한가득 토해내거나 오후 8시도 안 돼서 혜화역 4번 출구 앞에 대자로 뻗는 일이 잦았다. 내가 술자리에 쏟아부은 승부욕을 건설적인 방향으로 썼다면, 지금 내 인생은 훨씬 더 빛나고 럭셔리하지 않았을까. 때론 뼈저리게 후회한다.

30대가 되면서 술은 사회생활을 버티는 도구가 됐다. 이 나이 먹도록 딱히 마련하지 못한 사교성을 대체할 수 있는 건 술밖에 없었다. 처음 본 사람은 무조건 싫고, 코드 안 맞는 사람과 보내는 시간을 제일 아까워하는 내가 그 많은 취재원을 만나 내 편으로 만들어야 하니 미치고 팔짝 뛸 일이었다. 내 직업과 위치는 실제의 나보다 더 거칠고 센 성격을 요구했고, 그 머나먼 간극을 술을 통해 메우는 노하우가 내게 필요했다.

안주가 나오기도 전에 소주 2병과 맥주 1병을 시켜, 맥주 글라스에 한가득 소주 9.5+맥주 0.5 비율의 색소주를 만들었다. 손님이 많아 좀 바쁜 식당이라면, 안주가 채 나오기도 전에 두세 잔씩 파도를 탔고 네다섯 잔째쯤 되면 세상 제일가는 베스트 프렌드 사이가 되었다. 무슨 얘기를 했는지, 무엇을 먹었는지는 기억도 나지 않고 중요하지도 않다. 우린 함께 취했고, 실컷 웃었으며, 뜨거운 포옹을 하며 헤어졌다는 게 중요했다.

신입 때는 그러고 나면 대낮에 만나 다시 어색해지기도 했다.

밤엔 친했다가 낮에 어색하면, 아예 처음부터 어색한 거보다 더 멀어지는 수가 있다. 나는 이를 방지하기 위해서 두 번째 만남에서도 잽싸게 색소주를 마련하는 요령을 익혔고, 그 결과 꽤 많은 '친구'들을 만들 수 있었다.

부작용도 당연히 많았다. 수시로 휴대폰을 잃어버리고, 택시 안에서 기절하고, 절대 연락해선 안 될 사람 즉, 전남친에게 전화를 해대고, 다음날 링거라도 한 대 맞아야 물 한 모금을 겨우 삼킬 수 있었다.

무엇보다 건강을 잃었다. 위염과 식도염은 기본이요, 온몸이 염증투성이였다. 벼락치기 달인이라 자부할 만큼 기억력 하나는 최고 수준이라고 믿었는데, 어느새 '오비이락' 같은 사자성어마저도 네이버에 검색해야 겨우 떠오르는 상태까지 치닫고 말았다. 건강이 점차 악화돼 몇 번은 픽 쓰러지거나 생명에 위협을 느낀 적도 있었다. 그때마다 내가 술 없이도 사람들과 잘 친해지는 성격이면 얼마나 좋을까 심각하게 자책하곤 했다.

그래서 이해할 수 없었다. '목적' 없이 술을 마시는 사람들. 정말 아무 이유 없이 술이 좋아서 마시는 사람들. 대체 왜? 나는 친한 여자들로부터 '여자하고는 절대 술 안 마시더라'는 눈총을 받기도 했다. 그래도 어쩔 수 없었다. 나도 살아야 했으니까. 술 없이도 친해질 수 있는 상대나 이미 친해진 상대하고는 술을 마실 필요가 없었다. 아니, 여력이 없었다. 술 마실 필요가 없을 땐 무조건 안 마셔둬야, 다음에 억지로 술 마실 체력을 남겨둘 수 있었으니까.

내가 이런 고민을 털어놓으면 애주가들은 정말 불쌍한 인생이라고, '초보' 취급을 했다. 색소주 다섯 잔을 너끈히 마시는 나를 애기 취급이라니, 억울하기도 하지만 그들의 얘기를 들어보면 정말 차원이 다르구나 싶었다.

그들은, 우선 혼자 마시는 술이 진짜라고 했다. 좋은 사람들과 흥겹게 먹는 술도 좋지만, 사실 우리가 가질 수 있는 술자리 중 그런 자리가 몇이나 되겠나. 진짜 술이 진가를 발휘하는 건 오롯이 술과 나, 단둘이 있게 될 때라는 거다. 다른 사람 페이스에 맞추지 않아도 되고, 부대끼는 안주 안 먹어도 되고, 무엇보다 남의 얘기 안 들어줘도 되는 술자리라니. 천국이 따로 없을 것 같긴 하다.

우선 휴대폰은 멀리 치운다. 혼자 마시면 감성지수가 세 배는 높아지는 법. 괜히 이리저리 전화해서 헛소리라도 하게 되면 혼술의 의미가 없어진다. 더 무서운 건 SNS다. 술김에 남기는 '오글이' 글들은 그동안 어렵게 쌓아왔던 평판을 한방에 날려버릴 수 있다.

그다음, 조명을 낮춘다. 분위기가 달아올라야 하는데 구석에 쌓아둔 빨랫감이나 책상 위에 말라붙은 커피 찌꺼기가 보이면 곤란하다.

조용한 게 싫은 사람은 파트너를 등장시킨다. 한때는 영화 한 편 보면서 맥주를 마시는 게 퇴근 후 누릴 수 있는 엄청난 사치처럼 받아들여졌지만, 요즘은 예능을 더 선호한다고 한다. 영화는 시간이 꽤 길어서 보다가 잠이 들거나 흐름이 끊기는 일이 많지만 예능은 호흡이 빨라서 퇴근 후 시간을 덜 잡아먹는다. 짠하긴 하지만 외로움도 덜 탈 수 있다. 연예인들이 시시콜콜 던지는 농담이나 일상 얘기는 실제 친구들을 만나는 것 같은 대리 만족감도 준다. 만나봐야 스트레스만 쌓이는 지인들과의 술자리에 치이느니 가끔은 예능을 벗 삼는 게 더 깔끔하다.

여기서 한 발 더 나아가면 '경지'에 오르게 된다. 모 연예인처럼 거울을 보며 술을 마시는 거다. 술자리 동무가 뭐 따로 있나. 나만큼 복잡한 고민과 골 때리는 상황을 가진 사람이 어디 있겠나. 내 얘기만 풀어내도 소주 한 병은 그냥 넘어간다. 구구절절 설명 안 하고 위로든 비아냥이든 뭐든 결론으로 넘어가 버리면 그만이다. 아님 술자리에서 처음 만난 사람으로 가정하고 자기 얘기를 하나하나 풀다보면 오히려 정답이 보이기도 한다. 이것저것 다 빼도 그냥 나랑 같이 마셔주는 비주얼이 필요하다면, 거울만큼 훌륭한 도구가 없다.

사회생활을 하다 보면 정말 사람이 좋은 술자리는 점점 줄고, 인맥 관리 차원에서, 상사 뒷바라지 개념에서 엉덩이 붙이고 있어야 하는 술자리만 많아진다. 진짜 술의 위력은 그런 나날들 속에서 홀로 기울이는 한잔에 있는지도 모른다. 그 어떤 괴로운 것도 수단이 아닌 목적으로 대하면 또 다른 매력을 찾을 수 있는 거니까. 나는 냉장고에 맥주를 몇 캔 사다놓기로 했다.

순도, 100% 영화 감상법

○

미드를 보면서 좀 시들해지긴 했지만, 영화를 보는 건 여전히 포기할 수 없는 내 삶의 즐거움 중에 하나다. 아무리 바빠도, 피곤해도, 보고 싶은 영화는 꼭 봐줘야 그래도 내가 그럭저럭 살고 있구나 하는 생각이 든다.

그런데 직장생활을 하면 할수록 친구랑 시간을 맞춰서 영화를 보는 게 쉽지 않다. 퇴근 시간이 들쭉날쭉하고, 오랜만에 만나서 수다 떨기 바쁘지 영화만 달랑 보고 헤어지는 게 좀 이상하기도 하다. 그렇다고 주말에 따로 약속을 잡고 보자니, 낮잠을 자고 일어난 내 몸은 천근만근이고, 영화를 보려고 샤워씩이나 하고 나간다는 게 영 귀찮아진다.

그러다 보니 그냥 편한 시간에 혼자 영화를 보는 일이 잦아졌다. 처음에는 마치 남탕에라도 몰래 들어온 것처럼 안절부절못하고 1초라도 빨리 튀어나가려 노력했지만, 이젠 너무 익숙해져서 다른 사람이랑 같이 오는 게 더 불편할 정도다. 실제 남탕에서 내가 빨리 튀어나갈지도 미지수다.

사실 호감을 갖고 있다가도 영화를 같이 한 편 보고 싫어지는 경우가 꽤 있다. 영화 상영 중 카톡을 보내거나, 스토리를 이해 못하고 자꾸 되묻거나, 2시간 내내 팝콘을 부시럭거린다면, 내가 그토록 싫어했던 극장 진상이 바로 여기 있었네 싶으면서 그동안 쌓아온 호감이 죄다 사라지고 만다.

영화를 한 편 보고 대화를 해보는 것은 상대와 내가 얼마나 잘 맞는지를 가늠하는 척도이기도 하다. 똑같은 영화 한 편을 보고도 사람마다 정치적 함의부터 미장센의 세련도, 배우의 연기력까지 참 다양한 평론을 쏟아내게 마련이다. 그저 '죽이네' 한마디 하거나 배우 외모에만 집착하는 사람도 있다. 어느 쪽이 정답인진 알 수 없다. 어떨 때는 심도 깊은 얘기를 꺼내는 지적인 모습에 반하기도 하고, 어떨 때는 아는 척 좀 그만하라고 소리를 꽥 지르고 싶기도 하다.

어쨌든 내가 상대를 평가하는 만큼 상대 역시 나를 평가한다. 나는 영화에 대해 어떤 반응을 보여야 상대가 날 '좋은' 여자로 봐줄 것인지 머리를 굴려야 했다. 실은 영화 시작 5분 안에 수백 명이 죽어나가야 신난다고 생각하면서도, 베드신이 너무 시시해서 짜증이 났다고 느꼈으면서도, "좀 자극적이지 않아?"라고 말하는 불편을 감수해야 했다. 여자주인공 캐릭터가 개떡 같고, 결말이 어처구니없어도 신랄하게 쌍욕을 날리는 대신 "기대보다는 못하네" 정도로 넘어가는 경우도 많았다. 별로 편하지 않은 상대와의 영화 관람은 결코 즐거울 수 없었다. 영화를 보고 나서 느낀 점을 아무렇지도 않게 말할 수 있다는 점만으로도 상대가 '괜찮은 남자친구감'으로 보일 정도로 말이다.

결론은 '차라리 혼자 보는 게 좋다'이다. 핫도그나 햄버거를 사들고 일찌감치 상영관에 들어가 있다가 불이 꺼지면 널찍한 곳으로 자리를 옮겨 편하게 영화를 본다. 맘껏 울고 웃고 리액션까지 해가면서 말이다. 별거 아닌 거에 왜 이렇게 눈물이 날까, 저런 유머에 웃으면 없어 보이려나, 하는 걱정 없이 영화에 푹 빠질 수 있다.

딱 하나만 조심하면 된다. 영화가 끝난 후 엘리베이터를 타야 할 경우엔 혼자가 좀 어색하긴 하다. 같은 상영관에서 나온 것이

틀림없는 사람들이 다 함께 같은 엘리베이터를 탄다. 그러고는 같이 본 사람과 한마디씩 영화평을 한다. 그 속에서 혼자만 멀뚱히 있기란 좀 불편하다. 복잡한 엘리베이터를 두세 번 보내고, 곧 개봉할 영화들 정보도 미리 살펴보며 여유롭게 엘리베이터를 타고 내려오면 혼자 영화 보기 미션은 완벽하게 수행할 수 있다. 뭐, 그 짜투리 시간을 이용해 페이스북에 감상평을 남기는 것도 좋다.

물론 극장이라는 것이 때로는 복불복이기도 하다. 언제 어떻게 진상이 나타날지 모르기 때문이다. 나는 영화 상영 내내 껌을 딱딱거리고 씹는 사람을 본 적이 있다. 멀리서 나는 소리라 주의를 주기도 어렵고, 미치고 팔짝 뛸 지경이었다. 극장 직원들 말을 들어보면 아직까지 안 만난 게 다행인 진상도 많았다. 갑자기 앞자리 앉은 여자의 가슴을 움켜쥔 아저씨나, 콜라 쏟아졌다고 직원한테 핥아먹으라고 소리치는 아저씨도 있단다. 무심코 의자에 앉았다가 누군가의 생리혈이 옷에 다 묻은 경우도 있단다. 아이를 데리고 와서 울리는 엄마들의 이야기는 너무 많으니 생략.

그래서 요즘 진정한 영화 감상은 블루레이나 IPTV를 통한 것이라고 본다. 불 끄고, 휴대폰 끄고, 주위의 그 어떤 소음으로부터도 격리된 채 영화에만 푹 빠질 수 있는 유일한 방법이다. 이리저리 왔다 갔다 하는 앞좌석 대두를 안 봐도 되고, 옆자리 사람이 화장실 갈 때마다 다리를 들어주지 않아도 된다. 잠깐 일시

정지를 할 수도 있고, 발음 뭉개지는 대사는 되돌려 들어볼 수도 있다.

오로지 감독과 나, 배우와 나만의 시간이 펼쳐진다. 이 정도는 돼야 영화 감상이라고 할 수 있지 않을까. 진상 복불복을 감수해야 하는 극장행에 비하면 성공 확률은 100퍼센트. 아이맥스가 아닌 다음에야, 큰 화면 정도는 TV를 가까이서 보면 어느 정도 따라잡을 수 있다. 요즘 평면 TV는 성능도 좋으니까. 블록버스터가 아니라면 굳이 극장에서 볼 필요가 없다.

다른 누군가의 방해를 받지 않고, 마음껏 울고 떠들면서, 정치적으로 올바르지 못하거나 무식하고 괴팍한 평가도 맘껏 읊조릴 수 있는 영화 감상. 나는 완연히 혼자 즐기는 영화 감상이 순도 100퍼센트의 진짜 영화 감상이라고, 자신할 수 있다.

2. 사랑

그런 게 어딨어

그 어떤 길을 택해도 불안하지 않은 삶은 없다. 이 불안과 어떻게 상생할 것인가를 도모하는 일이야말로 가장 발전적인 삶의 자세다. 해도 불안, 안 해도 불안인 게 결혼이라면 굳이 급하게 선택하지 말고 불안을 잘 다스리는 능력부터 키워야 한다. 그게 정답이 아니겠는가.

《상황》

소울 메이트는 있을까

취향의 함정

소개팅을 하면 꼭 하는 질문이 있다. '가장 좋아하는 음식은 뭐예요?', '가장 기억에 남는 영화는 뭐예요?' 이 과정에서 꽤 많은 남자가 탈락하고, 꽤 많은 남자들이 점수를 얻는다. 처음 보자마자 탈락해버린 남자도 단지 내가 좋아하는 맛집의 단골이란 이유로 조금 귀여워 보이고, 이번엔 진짜 잘해봐야겠다 싶던 남자도 단지 〈펀치 드렁크 러브〉 같은 영화를 좋아한다는 이유로 시들해진다.

취향은 그 사람의 모든 것을 반영하는 거울이라고, 우린 믿는다. 지적 수준, 도덕성, 자라온 환경, 하다못해 전여친의 흔적까지 모두 취향에 드러나게 마련이니까. 그래서 취향이 비슷한 사람을 만나면 '나'를 만난 것 같은 느낌에 너무도 반갑다. 그 취향이 특이한 것일수록 그런 경향이 짙어진다. 내 말을 진짜 이해하고 고개를 끄덕여주는 사람, 또 재치 넘치는 답안을 내놓을 수 있는 질문을 내게 던져주는 사람. 상상만 해도 불꽃이 튄다.

실제로 취향이 맞으면 데이트가 수월하긴 하다. 하루 종일 누워서 함께 영화를 볼 수 있는 남자가 야구장에 가서 소리를 질러야 직성이 풀리는 남자보다 훨씬 더 좋다. 내 취향을 양보하지 않고 데이트를 할 수 있는 권리, 그건 내 인기가 하늘을 찌를 때에나 가능했던 일 아닌가.(아주 먼 옛날이다)

나이가 들면 가능성의 폭을 열어야 한다. 그러다 보면 취향에 대한 조건은 '마지노선만 지키자' 정도로 떨어진다. 이것 하나만큼은 양보할 수 없다는 단 한 가지 조건. 내 주위엔 '멜론 TOP100'을 쭉 틀어놓는 남자만은 안 된다는 여자들이 꽤 있었다. 음악 취향은 좀 있었으면 좋겠다는 것. 아이폰을 안 쓰는 여자는 자기와 말이 통하지 않을 것 같다는 남자도 있다. 나의 경우엔 가장 좋아하는 작가로 베르나르 베르베르나 알랭 드 보통을 꼽는 남자였다. 전국민이 다 좋아하는 작가잖아!

이렇게 누군가의 취향을 탐구하는 자세에는 그 취향이 관계의 상당 부분을 책임져줄 거라는 믿음이 깔려 있다. 나도 그랬다. 미드를 꿰고 있다는 이유만으로, 달리보다 뭉크를 좋아한다는 이유로, 기욤 뮈소보다 닉 혼비를 좋아한다는 이유만으로 이 남자가 내 인생의 짝일 거라는 환상을 품었다.

결론부터 말하면 취향이 맞다고 성격이 맞는 건 아니었다. 취향이 잘 맞으면 취미를 함께 나눌 친구로 삼으면 되는 거지, 굳이 남자친구로 격상시켰다가 천하의 웬수로 헤어질 필요는 없다. 그 아주 작은 취향 외에는 맞는 게 전혀 없다는 걸 깨달아야 하는 어색한 순간. 상대 역시 나와 같은 지점에서 환상이 다 깨지고 해매고 있음을 눈치 채야 하는 서글픈 순간. 애초에 안 맞을 줄 알았는데 의외로 조금은 잘 맞는 게 낫지, 엄청 잘 맞을 줄 알았는데 막상 만나보니 개뿔 별거 없다는 걸 알게 되는 건 관계의 지속성을 크게 떨어뜨리는 일이다.

진짜 '잘 맞는다'는 건 취향과는 별 관계없는 일인지도 모른다. 다른 사람과 맞고, 안 맞고는 취향이 아닌 다른 데서 판가름난다.

예를 들면 연락 빈도이다. 밥 한 톨, 과자 부스러기 하나 먹을 때마다 카톡을 보내는 남자가 있는가 하면, 자기 전에 전화 통화 15초만 하는 남자가 있다. 또 하나 예를 들자면 집에 데려다주는 방법이다. 무조건 집 앞까지 따라와 굿나잇 키스를 날려줘야 데이트가 잘 마무리됐다고 믿는 남자가 있는가 하면, 근처 지하철역 앞에서 발랄하게 손을 흔드는 남자도 있다. 이런 건 사귀어봐야 알 수 있는 덕목들이다.

더 웃긴 건 나의 남자 취향도 예상과 다를 때가 많았다는 점이다. 경상도 출신이라 무뚝뚝한 남자들에게 질릴 대로 질린 나는 연락은 최대한 자주 하는 게 좋다고 생각했지만, 시시콜콜 카톡을 보내대는 남자에겐 '제발 좀 닥쳐'라고 답하고 싶어 손가락이 간질간질했다. 사람한테 데인 적이 많아 처음 본 사람과도 금세 친해지는 사교성 좋은 남자는 싫다고 생각했는데, 정작 하루 종일 '잘 잤니, 오늘 하루도 파이팅', '오늘도 수고했고, 잘 자'만 반복하는 남자에게는 "이런 머저리가!"라는 말이 절로 나왔다.

정말 잘 맞는지를 가려보는 최고의 방법은 대판 붙어보는 거였다. 화나면 상대가 빡칠 말을 기가 막히게 찾아내고, 절대 먼저 사과 하지 않는 매우 지랄맞은 성격인 나는 수더분하고 싸움을 금세 잊어버리는 유형의 남자가 아니면 관계가 지속되지 않았다. 그래서 착하게 생긴 남자들을 참 많이 찾아다녔는데, 결론은 외모와 성격도 그리 상관관계가 없다는 것이다.

그러니 '저 사람은 나랑 잘 맞을 거야'라는 판타지는 일찍이 갖다버리는 게 나았다. 만나보니 잘 맞아서 계속 만나는 건 가능하겠지만, 저 멀리 침 발라두고 환상만 키우고 있는 상대와는 잘 될 가능성이 그리 높지 않다. 만나봐도, 예상만큼 잘 안 맞는다는 걸 실감하게 되거나 내 판타지를 깨지 않기 위해 그에게 열심히 맞춰주고 있는 내 자신을 목도할 뿐이다.

그렇다고 그들을 포기하라는 건 아니다. 도전하는 자세는 언제나 아름답다. 다만, 환상은 일찌감치 깨고 캐주얼하게 만나볼 것을 권한다. 만나보니 취향도 맞고, 성격도 맞는다면 환상적일

테고, 둘 중 하나가 심각하게 안 맞는다면 더 사랑하는 쪽이 맞추거나 헤어지면 된다. 두 발에 땀나도록 노력하면서 상대를 맞추는 쪽이 내가 아니라면, 아직 죽지 않은 자신의 매력에 감사하면 그만이다.

나는 상대의 취향을 꼬치꼬치 조사하던 버릇을 최대한 버렸다. 이 디지털 영상 시대에 책 좀 안 읽으면 어떤가. 나도 뭐 그렇게 책을 열심히 보는 것도 아닌데 말이다. 〈어벤저스〉가 인생을 바꾼 영화라고 하면 어떻고, 김치찌개는 매워서 못 먹는다고 한들 어떤가. 어차피, 완벽하게 맞는 사람은 없다.

또 혼자인들 어떤가. 어차피, 완벽하게 맞는 사람도 없는데 말이다.

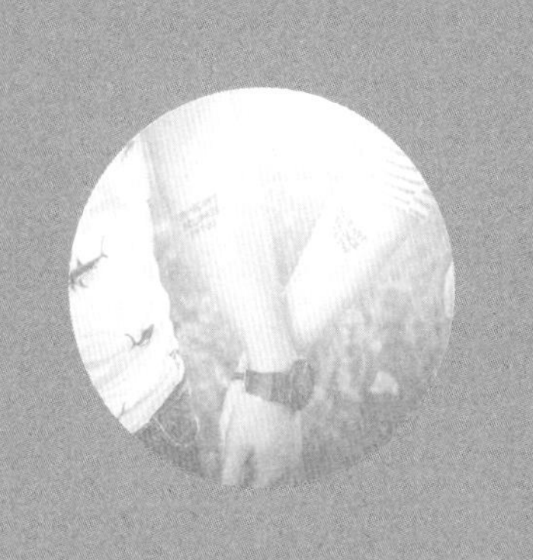

연탄재엔 불이 붙지 않는다

○

당장 누군가가 필요할 때, 그러나 어장 안엔 한 마리도 없고 썸조차 지지부진할 때, 쉽게 꺼내드는 카드가 바로 전여친과 전남친 되시겠다. 철천지원수로 헤어진 게 아니라면, 한때 내게 호감을 품었고, 내 기분을 맞춰주는 방법을 아는 전 애인이 비용 대비 가장 고효율을 내는 아이템일 테다.

여기서 중요한 건, 그렇다. 저비용이라는 점이다. 이미 볼 거 다 본 사이에 풀 메이크업할 필요 없고, 이미 균열날 거 다 난 사이에 거절 하나 추가한다고 해서 타격 입을 일도 없다. 은근한 암시나 미묘한 유혹으로 시간 낭비할 필요도 없다. 탁하면 척이다.

어차피 다시 시작하는 게 아니라면, 단기간 외로움을 달래주는 용도로 이만한 상대도 없다. 상대가 행여나 오해해서 재결합 축하 파티를 열지 않는 한, 가장 손쉽게 지금 당장의 외로움을 해결하는 방법이다.

그러다 보면 진짜 잘해볼까 싶기도 하다. 이렇게 좋은데, 이후에 만난 남자보다 나은 점도 분명 있는데, 왜 헤어졌을까. 특히 그 이별이 자기 때문이라는 생각이 들기 시작하면, 다신 똑같은 잘못을 하지 않을 자신이 마구 생기면서 감정이 솟아나기도 한다. 그땐 너의 소중함을 몰랐어, 그땐 내가 어렸어, 그땐 사랑을 몰랐어, 블라블라블라.

운이 나쁘면 양방이 똑같은 실수를 저지른다. 그래, 까짓 다시 해보자! 처음엔 좋다. 편하다. 무엇보다 애틋하다. 다시 잡는 손, 다시 하는 키스, 꽤 새롭고 흥미롭다. 차마 잊을 수 없었던 그(그녀)만의 스킬을 다시 접하는 행복감도 있다. 이제 더 이상 실망 덩어리의 첫 데이트를 하지 않아도 되고, 긴가민가한 상대한테 들이대야 하나 말아야 하나 고민하지 않아도 되고, 이대로 혼자 늙어죽지 않을까 걱정하지 않아도 된다. 정말 편한 방법이다.

이렇게 편하다는 것, 중요한 대목이다. 편하게 얻은 건 버리기도 편하다. 한번 헤어졌는데 두 번 못 헤어지겠나. 두 번 헤어졌는데 세 번 못 헤어지겠나. 만남이 계속될수록 헤어지는 시기는 더 빨라진다. 경험담이다. 한 남자와 적어도 일고여덟 번도 헤어져봤다. 정확히 세기도 어렵다. 나중에는 이게 다시 시작하는 건지 아닌지도 헛갈리니까. 처음 헤어질 땐 꽤 괴로웠다. 다시 만나보니, 더 애틋했다. 다른 인연들과 달리 뭔가 특별한 게 있는 듯도 했다. 그러나 한 달쯤 지나서 깨달았다. 역시나 내가 질색했던 문제들이 치렁치렁 붙어 있었다. 화들짝 놀라 발을 뺐고, 또 혼자서 외로운 시간이 계속됐고, 또다시 만났고, 또다시 애틋했다가 또다시 화들짝 발을 뺐다. 다른 사람을 만났다가 또 상처를 받으면 그 남자가 생각났고, 만나면 또 애틋하고 또다시 발을 뺐다. 주기는 점차 짧아져 3주 만에, 2주 만에, 3일 만에 결정을 번복했다. 낮에 재회해서 잘해보자 다짐했다가 그날 밤에 헤어진(?) 경우도 있었다. 이쯤 되면 그 남자를 끊는 게 맞았다. 전화번호도 삭제해보고, 쌍욕을 해서 정을 완전히 떼버리기도 했다.

생각해보면 우린 서로 좋아한 게 아니었다. 워낙 일상이 바쁘고, 이성한테 별 인기가 없다보니(!) 수시로 외로운 순간이 덮쳤고, 그순간 편하게 만날 수 있는 사람이 서로에게 단 한 명뿐이었던 것뿐이었다. 그래도 내가 이성한테 여전히 어필한다는 사실을 확인받고 싶은 순간, 그 남자랑 밥이라도 먹으면서 "좀 보고 싶었어" 같은 소릴 들어줘야 바닥으로 꺼진 자존감에 인공호흡이라도 할 수 있었다. 인공호흡이라는 게 그렇다. 다시 스스로 호흡이 가능해지면, 아무 쓸모없는 것이 아니겠나.

그에게 나도 비슷한 존재였던 것 같다. 지치고 고된 연애 라이프에 치이다 보면, 마음껏 막말하고 망가질 수 있는 내가 필요했을 테다. 그러나 백업은 어디까지나 백업일 뿐. 진짜 설레고 도전의식 자극하는 뉴페이스가 등장하면 나는 다시 뒷전으로 밀려났다. 그러다 또 그 뉴페이스랑 삐걱대기 시작하면, 별 죄책감도 없이 백업 프로그램을 돌린다.

애초에 피차 '쿨하자'고 합의한 게 아니라면, 이것만큼 감정 소모적이고 덜떨어진 짓도 없다. 어쩜 그렇게 매번 다시 잘해볼 수 있을 거라고 생각했는지, "보고 싶었어" 그 한마디에 어떻게 그 독하고 더럽던(!) 이별의 순간을 다 잊을 수 있는지, 지금 생각해도 이해가 되지 않는다. 냉정하게 생각해보면, 그만큼 그를 좋아했던 게 아니라 내가 지지리도 외로웠던 것이 아닐까.

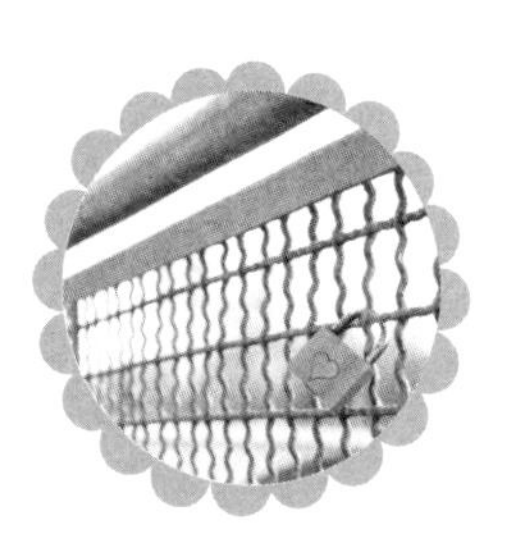

차라리 '쿨'했다면, 글쎄, 모르겠다. 주위에는 전남친이나 전여친을 부티콜(booty call)로 사용하는 경우도 꽤 많았다. 감정은 이미 식었지만 몸은 익숙한 사이. 어차피 다시 잘될 가능성이 없으니, 오히려 더 쌈박하게, 그러나 안전하게 즐길 수 있는 사이. 한때 호감을 갖고 만났던 상대가 꽤 괜찮은 섹스 파트너가 돼 가는 과정은 어렵지 않게 목격할 수 있었다.

"전 애인을 찾는 이유는 대체 뭐야"라는 물음에 지인 20명 중 17명이 '하룻밤'이라고 답한 것도 그리 놀랄 일은 아니다. 누군가는 상세하고 적나라한 답변을 해줬다.

"그 친구가 유독 잘하던 스킬이 생각날 때. 오럴은 걔가 짱이었거든."

뭐, 그런 거다. 전남친, 전여친의 "보고 싶어" 앞에는 어쩌면 (너의 페니스가), (너의 테크닉이), (너의 엉덩이가) 같은 말이 생략돼 있었던 것인지도 모른다. 그걸 깔끔하게 인정했으면, 한 사람과 충분히 질척이고 또 질척인 상태에서 똑같은 실수를 다시 하는 착오를 범하진 않았을 텐데.

더 적나라한 답변도 있었다.

"지금 이 시간, 허락해줄 사람이 그(녀)밖에 없을 테니."

유혹, 데이트, 설렘. 이딴 거 다 스킵하고 바로 본론으로 들어갈 사람이라는 뜻이다. 한때 사랑했던 사이. 둘 중 하나라도 이런 생각을 갖는다는 게 다른 상대에게는 엄청난 상처일 수 있다. 실제로 꽤 많은 사람들이 그런 경험담을 말했다.

"진짜 나쁜 년이었어. 간만에 오피스텔 찾아와서는 다음날 흔적도 없이 사라지지 뭐야."

"그놈은 밤 11시 이전엔 나한테 연락한 적이 없어. 나쁜 새끼."

둘이 동시에 잘해보자 마음먹는다 해도 잘될 가능성은 매우 희박하다(아주 없진 않다). 그런데 둘이 동상이몽일 가능성이 더 크다. 그렇다면 괜히 지나간 연인에게 마음을 쓸 필요가 있을까. 편하다고 또 끄집어낼 바에는 지지부진한 썸에다 불을 질러보는 게 나을 수도 있다. 그 결론이 개망신으로 끝난다 해도, 이미 다 타버린 연탄재에 바람을 불어넣고 있는 것보다는 건설적이다.

물론 그냥 누군가가 당장 필요한, 지독하게 외로운 순간도 있다는 사실을 부인하진 않겠다. 그런데 그럴 땐 서로, 특히 무엇보다 스스로 누군가를 잊지 못해, 누군가를 너무 그리워해서 이토록 외로운 게 아니라, 그냥 몸이 좀 외로운 상태라는 걸 쿨하게 인정할 필요가 있다.

혼자 자는 게 편하지

나 자신이 정말 싫은 순간이 있다. 말싸움 중 난데없이 머릿속이 하얘질 때, 누군가에게 필요 이상으로 굽실거렸다는 걸 뒤늦게 깨달았을 때, 살 빼야 한다면서 배 터지게 먹고 있을 때. 그것 말고도 많지만 최고봉은 피곤해 죽겠는데 잠이 안 올 때다.

몸은 천근만근 침대에 딱 달라붙어 아무것도 못하겠는데, 정신은 똘망똘망 두 눈이 안 감기는 상태가 몇 시간이고 유지된다. 잠이 안 오면 밀린 일이라도 하면 좋을 텐데 손가락 하나 까딱할 수가 없고, 그렇다고 아무것도 안 하고 가만히 누워서 성큼성큼 다가오는 출근 시간에 맞닥뜨리자니 미칠 것 같다.

내가 나를 이해 못할 때가 한두 번이겠느냐마는 이럴 때는 정말 몸과 정신 어느 하나 내 것 같지가 않다.

잠은 무조건 중요하다. 몇 끼 굶고는 일할 수 있지만 잠은 몇 시간만 모자라도 곳곳에서 실수가 터진다. 피부가 화장품을 머금는 정도가 확연히 달라지고, 새로운 일에 대한 도전정신이 확연히 수그러들어 버린다. 당연히 신경질이 늘고 일에 효율이 떨어진다. 장기화되면 체중이 빠지는 듯하다가 몸은 오히려 부어서 얼굴이 보름달만 해지고, 한번 생긴 여드름은 절대 가라앉지 않는다.

그래서 잠에 한번 집착하기 시작하면 매일 밤 찾아오는 취침 시간이 공포스러워진다. 오늘은 금방 잠이 들어야 할 텐데, 또 오랫동안 뒤척이다 잠들면 어쩌지 하는 고민이 엄습한다. 내일 할 일이 산더미인데, 잠자는 것 외에는 도무지 피로를 풀 방법이 떠오르지 않고 시간이 흐를수록 말똥말똥해지는 정신 상태는 진짜 고문이 따로 없다.

혼자서도 버거운 이 시간, 누군가와 함께한다는 건 상상도 하기 싫다. 내 숨소리가 거슬려 잠이 도망가는 마당에 다른 누군가의 숨소리, 어쩌면 코고는 소리까지 듣고 있어야 한다면 상상만으로도 끔찍하다. 겨우 잠이 들었는데 날 깨우는 순간에는, 솔직히 살해 충동이 날 법도 하다. 침대 위에서 그에 대한 사랑이 시험대에 오르는 건, 오히려 성관계 이후의 일인지도 모른다.

특히 혼자 살고 있다면 다른 사람의 소음에 면역력이 매우 떨어진 상태일 수밖에 없다. 내가 아닌 다른 사람이 내는 소리가 얼마나 벼락같이 들리는지, 겪어본 사람만이 이해할 수 있다.

사회생활 초기, 즉 스트레스가 하늘을 찔렀을 때 내 원룸 오피스텔에서 여동생이 잠깐 같이 산 적이 있었다. 잠깐 있을 땐 매우 온화한 언니였던 나는, 동생이 본격적으로 좁은 오피스텔에서 함께 살게 되자 전혀 예상치도 못했던 난관에 봉착하고 말았다. 5분이라도 더 자려고 머리카락도 안 말려 차가운 물을 뚝뚝 흘리며 출근하던 내가, 새벽부터 일어나 30분씩 드라이를 해대는 동생 때문에 자꾸만 깨야 했다. '겨우' 학원에 가려고 새벽부터 헤어드라이를 신부 수준으로 하는 동생을 전혀 이해할 수 없었고, 무엇보다 알람이 아닌 다른 소리에 잠을 깨서 내 금쪽같은 수면 시간이 줄어드는 걸 참을 수가 없었다.

이후로 적응이 좀 되나 싶었을 때, 나는 다시 가족들과 한 집에서 살게 됐다. 엄마가 해주는 밥과 아늑한 내 방이 좋은 것도 잠시, 아침마다 부엌에서 들려오는 달그락 소리에 정신이 나갈 지경이 됐다. 저건 분명 좀 이따 내가 먹을 밥이기도 할 텐데, 도저히 참을 수가 없었다. 내 '싸가지'의 정체에 대해 심각하게 고민도 해봤다. 하지만, 힘든 건 힘든 거였다. 부엌에서 멀리 떨어진 방으로 옮기고 나서야 좀 안정을 찾았지만, 여전히 내가 아닌 남이 내는 소음에 적응을 잘 못했다.

다행히 나만 그런 것은 아니었다. 성격 예민하기로 유명한 한

가수의 경우에는, 그가 자고 있으면 다른 식구들이 식탁에 수저를 내려놓는 것까지 극도로 조심한다고 한다. 난 그가 이상하게 예민한 게 아니라 소음에 좀 적응을 못하는 것일 뿐이라고 변호하고 싶다.

그 외에도 나 같은 사람을 꽤 많이 볼 수 있었다. 오랫동안 혼자 살아온 사람이라면 대부분, 가족이 있는 고향집에 갔다가 가위에 눌리거나 잠을 못 자고 서둘러 혼자 사는 집으로 돌아온 경험이 있을 것이다.

그들 모두, 그럴 때마다 죄책감을 느꼈다고 했다. 그러고 보니 우리 사회는 누군가와 함께 잘 수 없다는 것을 심리적으로 무슨 문제가 있다는 식으로 풀이하기도 한다. 〈그레이의 50가지 그림자〉를 보면 변태 성욕을 가진 크리스천이 타인에게 마음을 열지 않는다는 것을 보여주기 위해 '연인과 섹스는 하되, 잠은 옆에서 자지 않음'을 자주 강조한다. 영화에서 아나스타샤는 그가 자기 엉덩이를 때리는 것보다 옆에서 자지 않는 것을 더 서운해한다.

나는 크리스천의 마음에 50가지 그림자가 있어서 여자 옆에서 자지 않는 거라곤 생각하지 않는다. 그냥 혼자 자는 게 편한 사람이다. 그렇게 보는 게 맞지 않을까? 혼자 자는 게 더 편한 사람은, 꼭 그렇게 모가 나고 성격 더럽고, 반드시 개조할 사람이란 말인가?

나는 수많은 '크리스천'들을 대표해 이들이 전혀 문제가 없음을 강조하고 싶다. 이들도 똑같이 따뜻하고, 사랑할 수 있는 선량한 사람이다. 뭐, 그런 부류를 내 남자친구로 만나기 전까진 그렇게 생각했다.

남자친구 집에 놀러갔다가 그의 기분이 묘하게 읽히는 순간이 있었다. 이제 그만 내가 갔으면 좋겠다고 생각한다는 텔레파시. 나는 그를 너무나 이해하면서도, 가슴 한쪽에서는 애정이 뭉텅뭉텅 잘려나가는 것을 느꼈다. 나야말로, 관심 없는 TV 소리나 내 용무와 관계없이 돌아가는 청소기 소리에 진절머리를 내면서도 어쩔 수 없었다. 내 소음을 소음이라고 생각하는 사람에게는 정을 줄 수 없었다. 얼마나 이기적인가. 동거 경험이 있는 사람들은, 그 모든 건 사랑으로 극복할 수 있다고도 하는데 그렇다면 나는 아직 누군가를 사랑한 적이 없는지도 모른다. 자기 영역을 그토록 중시하던 남자친구 역시 '난 혼자 있는 게 너무 익숙해져서 연애를 못하나봐'라며 나와 헤어졌다. 그러더니 다른 여자와 쏜살같이 결혼했다. 내가 문제였나 보다.

이 모든 예민함을 극복하게 해줄 인연이 나타나지 않을까 기대도 품어봤지만, (전남친과 달리) 나의 기대는 기대로 남을 뿐이었다. 그렇다면 옆자리에서 남자친구가 축구를 해도 푹 잠이 들 만한 체질이 필요했다. 내가 아는 상식으론 수면제 말고는 방법이 없다.

지금은 몇몇 수면제가 마약류로 지정이 돼서 처방받기가 어려워졌지만, 불과 몇 년 전만 해도 '요즘 잠이 안 와요' 한마디면 졸피뎀 등 수면제를 팍팍 구할 수 있었다. 매일 밤, 잠이 들 때까지의 시간이 너무나 고통스러웠던 나는 아예 수면제를 한 알 먹고 자리에 눕는 게 습관이 됐고, 침대에 눕자마자 눈을 감아서 눈을 뜨면 다음날 아침인 상황이 얼마나 행복한 것인지 절실하게 깨달았다. 그 가뿐한 기분. 그러나 그렇게 두세 달이 지날 때쯤, 나는 그 가뿐함 말고도 뭔가를 발견하게 됐다. 전날 밤 휴대폰에 찍힌 통화기록, IPTV에 찍혀 있는 구매기록. 기억이 날 듯 말 듯한 내 행적들.

수면제 부작용이었다. 내성이 생겼는지 약을 먹고 잠이 들기까지 시간이 점차 길어지게 됐고, 의식은 잠들었는데 무의식이 깨어 있는 시간이 생겨나면서 내가 한 것 같기도 하고 아닌 것 같기도 한 행동이 포착되었다. 친구로부터 전화가 오면 받아서 한 시간 넘게 수다를 떨었는데 무슨 내용인지 전혀 기억이 나지 않고, 평소 보고 싶었지만 시간이 없어서 볼 수 없었던 영화를 결제해놓고 틀어놓은 채 잠이 들었다.

알고 보니, 수면제 부작용은 정말 심각했다. 다이어트 중인 사람은 라면을 세 개씩 폭식하고, 외로운 사람은 클럽을 헤매기도 하고, 자살 충동이 있었던 사람은 목을 매기도 한다. 더 이상

약에 의지해서는 안 된다는 생각에 가지고 있던 수면제를 쓰레기통에 버리고 고문을 다시 시작했다.

수면을 위해 별걸 다 해봤다. 아로마 향도 피워보고, 안대도 해보고, 운동도 해봤다. 그러다 알게 됐다. 커피가 문제였다. 하루 한 잔으로 줄인 커피와도 완전한 이별을 택해야 했다. 커피와 핫초코, 그 외 카페인이 들어간 모든 것을 완전히 끊었더니 잠의 질이 확연히 달라졌다. 침대에 누워서 잠이 오기까지 달콤하게 몸이 나른해지는 기분, 그걸 몇 년만에 처음 느낄 수 있었다. 내가 카페인을 먹어선 안 되는 체질이란 걸, 참 뒤늦게 받아들인 셈이다.

점차 불면에서 해방되면서, 스스로 시간과 휴식을 통제한다는 게 얼마나 소중한 것인지 새삼 깨닫게 됐다. TV 보고 싶을 때 보고, 자고 싶을 때 잘 수 있는 자유. 다른 소음의 방해를 받지 않고 스스로 수면 시간을 정하고, 뭔가에 집중할 시간을 정할 수 있는 여유는 누구나 누릴 수 있는 게 절대 아니었다. 이건 외로운 게 아니라, 진짜 행복이었다.

누군가는 잠 좀 자려고 귀마개를 하고 약을 먹고 땀 흘려 운동까지 하는데, 뭐 하러 코 골고 잠꼬대까지 하는 누군가를 찾지 못해 안달인가.

한 아이돌 가수는 '결혼 생각 없느냐'는 질문에 이같이 말했다.

“침대에 자려고 누우면 이런저런 생각이 많잖아요. 그런데 누군가 내 옆에서 잠을 잔다고 생각하면 아직은 무척이나 불편하겠다는 느낌이 드는 거예요.”

그렇다. 왜 내 옆에 아무도 없나를 고민할 게 아니라, 이렇게 오롯이 나에게 집중할 수 있는 시간의 소중함을 한 번 더 생각해보는 게 좋을 것 같다. 어쩌면, 우리 생애에 그리 오래 주어지지 않는 사치일지도 모른다.

결혼하면 다 해결돼?

찢어진 콘돔이 도와주지 않는 한, 결혼을 결심하는 건 어렵다. 우선 저 사람이 '디 온리 원'이라는 보장이 없고, 우리가 어릴 적 부모에게 기대했던 경제적 지원 능력이 지금의 우리에게 생길 거라는 희망이 없다. 오늘의 직장이 내일의 직장이라 기대할 수 없고, 오늘 내가 누운 이 집이 내일의 내 집이라고 믿기도 어렵다.

회사에서 아직 자리도 못 잡았는데 전셋값 3억 원은 어디서 구할 것이며, 뼈 빠지게 공부하고 이 악물며 살아남았는데 애 키운다고 1년 혹은 수년을 어떻게 쉴 것인가. 남는 건, 배우자에 대한 분노다. 다 같이 살기 어려운데 뻔뻔하게 집을 마련해 오라는 김치녀와 돈도 잘 못 벌어오면서 가사일은 내팽개치는 한남

층에 대한 뿌리 깊은 분노. 여기에 자녀가 문제아로 자라거나, 시댁이 비중 있는 조연 이상으로 등장해대면 막장드라마 빰치는 일상이 이어지고 만다. 그래도 어딘가에는 행복한 기혼자가 있을 거라 믿으며 눈을 돌려보면, 간통죄 폐지에 환호하는 유부남과 무단가출을 꿈꾸는 유부녀가 있을 뿐이다.

온 사회가 '결혼하지 말라'고 외치고 있는 데에도 싱글인 내 상황이 왠지 불안한 것은 기혼 남녀들의 '나 혼자 당하긴 싫다'는 심통에 휘둘리고 있는 건지도 모른다. 가정을 꾸려서 애를 낳아봐야만 사람이 된다는, 혹은 그제야 진짜 세상을 알게 된다는 말은, 그만큼 본인들의 삶이 빡세다는 반증 그 이상도 그 이하도 아니다. 이건 마치 최전방에 복무했던 일부 남자들이 '내가 있던 곳만이 군대'라고 외치는 것과 마찬가지다. 그가 남들보다 더 고생한 건 인정하지만, 그렇다고 다른 군대가 군대가 아닌 건 아니지 않은가.

결혼이 그토록 중요할까. 내 유전자를 남기고 싶은 욕망? 글쎄, 내가 죽고 나면 그만인데 후대가 뭐 그리 중요한가. 내 편이 있다는 위안? 글쎄, 남편이 더 남의 편 같던데. 아이들이 책임져줄 내 노후? 글쎄, 다음 세대에도 효심이 존재할 것인가. 사람들이 말하는 우리가 결혼해야 하는 이유는, 사실 그리 설득력이 없다.

하지만 불행히도 독신이 좋기만 하다는 말 또한 설득력은 거의 없다. 현재의 독신은 달콤하지만, 미래의 독신은 공포 영화 뺨치는 이미지가 떠오른다. 먼 훗날 젊은이들이 피땀 흘려 낸 세금을 축내는 성질 고약한 독거노인이 돼 있을 우리의 모습. 그 누구 하나 걱정해주지 않는 삶을 혼자서 버티고 또 버텨내는 모습. 내 삶의 끝은 또 한 건의 고독사로 신문을 장식하고, 그 기사를 보며 다른 누군가는 독신생활을 청산하기로 다짐할 것이다.

앞의 저런 비참한 독신들은 한때 결혼을 했을 가능성이 더 높음에도 불구하고, 마치 독신의 미래가 저러할 것이라고 지레 겁을 먹는다. 끝까지 즐겁고 신나게 살아가는 독신들의 뉴스는 본 적이 없으니까.

그렇다. 중요한 건 그거다. 우리는 독신의 결말을 제대로 본 적이 없다. 지금의 우리처럼 상당수의 사람들이 결혼을 안 하거나, 못하는 세대는 이전에 없었다. 더 이상 독신은 결혼이 '정상'인 시대에 부적응해버린 소수자가 아니다. 독신과 돌싱은 역사상 가장 강력한 집단이 될 것이며 취약한 사회안전망은 어떻게든 조금씩 고쳐나갈 것이다. 자녀를 낳지 않아 사회에 노동력을 제공하지 않았으므로 죄책감을 느껴야 한다? 췟, 우리가 그 어떤 세대보다 강력한 체력으로 평생 일해줄 수 있다.

그러므로 관건은 '불안'을 어떻게 관리하느냐다. 지금 급한 마음으로 선택한 결혼이 그 암담한 불안으로부터 우리를 구제해 줄 것인지, 아무도 알지 못한다. 어쩌면 더 큰 불안, 그러니까 배우자가 나보다 어린 이성과 바람이 날 가능성, 자녀가 끔찍한 사고를 쳐댈 가능성, 인자했던 시가 혹은 처가 사람들이 돌연 미친 인간들로 바뀔 가능성, 내가 배우자를 사랑하지 않을 가능성으로 걸어들어가는 꼴이 될 수도 있다.

더구나 우리는 결혼을 대충 선택할 수도 없다. 결혼은 환불이 가장 까다로운 쇼핑이다. 처음 들어간 가게에서 덥석 살 수도, 긴가민가하지만 필요하니까 일단 살 수도 없다. '이건 내가 사야 해!'라는 매우 강력한 신호가 필요하다. 물론, 그 신호는 절대 자주 오지 않는다.

그래서 우리는 '결혼을 못하면 어쩌지'와 같은 막연한 불안에서 벗어날 필요가 있다. 어차피 결혼은 어렵다. 할 수 있다면, 분명 할 수 있게 될 것이다. 불안해하고 걱정한다고 해결되는 문제가 아니다. 열심히 소개팅을 하고 결혼 정보 업체에 등록하는 등 노력은 할 수 있겠지만, 그 역시 안 될 때는 죽어라 해도 안 되지 않나. 결혼하고 싶다고 조급해하는 사람치고 금세 결혼하는 사람 못 봤다.

어차피 불안을 감내하는 게 우리 몫이라면, '결혼을 못하면 어떡하지'를 고민할 게 아니라 '어떻게 하면 이 불안을 최대한 줄일 수 있을까'로 나아가야 한다. 지금 내가 정말 저 사람과 결혼을 하고픈 건지, 혹은 막연한 불안감에 맘이 흔들리는 건 아닌지. 지금 내가 정말 결혼이 필요한 건지, 단지 남한테 떠밀리고 있는 건 아닌지. 최대한 객관적으로 자신의 상태를 체크해봐야 한다.

기혼자들은 어차피 결혼 그 자체가 중요한 게 아니라고 입을 모았다. 결혼은 결론이 아니다. 더욱 어려운 건 결혼 그 이후에 펼쳐진다. '결혼해야지'가 아니라, '결혼을 해서 이런저런 노력을 해야지'라고 마음을 바꿔야 한다. 그러면 배우자를 고르는 기준도 당연히 바뀐다. 지금 당장 뭘 이뤄놨고, 어떤 매력을 갖고 있는지는 그리 중요한 게 아니다. 결혼 후 나와 맞춰나갈 가능성이 조금이라도 있는가. 나는 그를 위해 내 결점을 바꿀 용의가 있는가. 그는 내 잔소리에 어떻게 반응하고 어떻게 자기 삶을 개선해 나갈 것인가를 살펴야 한다.

취업이 중요하다고 적성에 맞지도 않는 회사에 덜컥 들어가 봤자 몇 달 못 버티는 것과 같은 논리다. 겉으론 멀쩡해 보이던 회사가 직접 일해보면 '또라이'들이 넘쳐날 가능성도 적지 않다. 결혼도 그렇다. 결혼 상대들은 때때로 결혼과 동시에 돌변해버린다.

"그걸 미리 어떻게 알아요?"

내 질문에 한 기혼자는 이같이 말했다.

"모르죠. 복불복이에요."

"그게 뭐야!"

"주말엔 집에서 뭐 하는지, 뭘 지적하면 고칠 생각은 하는지, 잘 살펴보면 결혼 후 생활에 대해 미리 힌트는 얻을 수 있죠. 그래도 복불복이긴 해요. 결혼은 해봐야 안다니까요."

그 어떤 길을 택해도 불안하지 않은 삶은 없다. 그렇다면 이 불안과 어떻게 상생할 것인가를 도모하는 게 발전적이지 않을까. 해도 불안, 안 해도 불안인 게 결혼이라면 굳이 급하게 선택하지 말고 불안을 잘 다스리는 능력부터 키워야 한다. 그게 정답 아니겠나.

《방법》

쿨한
솔로 되기

절친과 보험남의 결혼식에 대처하는 법

신랑이 웃는다. 신부가 웃는다. 신랑 부모가 웃는다. 신부 부모가 웃는다. 그런데 나는 운다. 뜬금없이 운다. 돌아서서 운다. 엉엉 운다. 눈물의 의미는 나도 모른다. 몰라서 더 운다. 옆에서 쳐다본다. 쑥덕거린다. 당혹스러워서 또 운다.

한 달에도 몇 번씩 눈도장을 찍는 결혼식이다. 전남친의 결혼식에서도 뷔페 세 접시를 해치우던 내가 절친의 결혼만큼은 마른 눈으로 볼 수 없다. 어릴 땐 몰랐다. 30대를 함께, 솔로 생활을 오래 함께 해온 친구의 결혼은 진짜 내 살의 일부가 떨어져 나가는 것만 같았다.

친구를 위해 가장 기뻐해야 하는 날. 생애 단 한 번도 느껴보지 못했던 이 깊은 '울컥'을 어떻게 이해해야 할까.

첫째, 나는 친구가 행복해하는 모습에 진심으로 감동을 받았다. 내가 사랑하는 사람이 중요한 날을 맞이하는 건 보기만 해도 찡하게 하는 힘이 있다.

둘째, 솔직히 이 이유가 더 크다. 나 혼자 남을지도 모른다는 설움. 아무리 떨쳐내려 해도, 아니 그러면 그럴수록 더 힘이 세지는 설움. 오늘 떠난 친구의 빈자리를 다른 걸로 채우지 못하리란 강력한 예감.

결혼은 사람을 여러모로 바뀌게 한다. 심하게 바꿔 놓는다. 특히 자녀 출산은 돌아올 수 없는 강이다. 나이가 많을수록 그렇다. 늦게 결혼한 사람은 정말 급격하게 바뀐다. 남녀구분 없이, 성적 긴장감이라고는 전혀 없는 '부랄 친구'를 잘 만들었던 나는 그들의 결혼, 출산과 동시에 우리를 연결했던 '부랄'이 끊기는 듯한 느낌을 받았다.

우선 그들은 자신의 위상이 달라졌다고 믿는다. 내가 겪어보지 못한 것을 먼저 겪어봤다면서 내 인생 전반에 대해 조언하기 시작한다. 그 조언은 대부분 잔인하다. 내가 얼마나 '밥줄'을 업신여기는지, 내가 얼마나 택도 없이 눈이 높은지, 내가 얼마나 철이 없는지를 쿡쿡 찔러댄다. 내 눈에는 지들 삶이 더 막막해 보이는데 말이다.

혹은 막무가내로 날 부러워한다. 무슨 말을 못한다. '좋겠다', '싱글이니까 가능한 거야', '나도 싱글로 하루만 살아봤으면' 같은 리액션이 별 영혼도 없이 툭툭 나온다. 아무리 노력해봐도 뛰어 넘을 수 없는 이상한 벽이 생긴다. 그리고 그 벽을 확인하는 건 정말 씁쓸한 일이다.

하지만 진짜 변하는 건 나인지도 모른다. 나이가 들어 주위의 독신 수가 줄수록 독신들끼리는 서로 애인, 가족, 부인 혹은 남편의 역할을 해주게 되는데, 이제 그 '내 사람'이 남의 사람이 되는 것 같은 느낌이 드는 것이다.

그래서 결혼 전이나 후나 똑같이 잔소리를 하는 건데 더 아프게 들려오고, 결혼 전이나 후나 툭하면 약속이 취소되고 바쁘면 한동안 연락을 못했으면서 더 섭섭하게 느껴진다. 결혼 전에도 만나면 서로 페이스북이나 들여다보고, 별 의미도 없는 수다를 떨다 헤어졌으면서 결혼 후에는 대화가 아주 잠깐만 끊겨도 '얘가 변했나' 싶다. 내가 삐딱해져서 다르게 느끼는 건 알아채지 못하고 상대를 원망한다.

그걸 몇 번 겪다보면 절친의 결혼식에서 아직 일어나지도 않은 일을 미리 떠올리며 눈물이 왈칵 쏟아지는 게 당연하다. 매주 금요일, 별 선약이 없어도 너라는 보험이 있었는데. 가보고 싶은 맛집, 보고 싶은 뮤지컬, 너와 함께라면 문제없었는데. 힘든 일이 있어도 너랑 두어 시간 수다를 떨면 기분이 풀렸던 거 같은데. 저 소도둑놈같이 생긴 남자, 불여시 같은 여자가 널 빼앗아 가는구나.

그래서 가끔은 내 썸남의 폰에 울리는 카톡보다, 솔로 절친의 폰에 울리는 카톡이 더 궁금하다. 누구야? 누구 생겼어? 이것이 날 버리고 시집가는 건가? 괜히 질투가 나기도 했다. 저주도 좀 했다. 외로운 여자들끼리 우르르 몰려 너무 기쁘게 떠들고 놀다가도 '이들이 나보다 먼저 결혼하진 않았으면' 하고 생각했다. 내가 이대로 결혼을 안 하게 아니 못하게 되면, 분명 죽도록 외로운 날도 있을 텐데 이들이 주위를 지켜주면 얼마나 좋을까. 이들과 함께라면 이대로 함께 늙어가는 것도 나쁘지 않을 거야. 제발 나보다 먼저 결혼하지만 말아줘. 딱히 결혼 생각도 없는 나는 그런 섬뜩한 생각을 하다가 고개를 젓곤 했다.

이보다 내가 더 이기적으로 느껴질 때가 있다. 이른바 '보험남'들의 결혼 앞에 기분이 싱숭생숭해지는 나를 발견할 때다. 보험남은 보험을 파는 남자가 아니라, 보험처럼 꼬박꼬박 투자는 하고 있지만 지금 당장 타먹을 일은 없는 남자를 뜻한다. 과거 들쩍지근한 썸을 타다 뒤로 미뤄뒀던 남자일 수도 있고, 홧김에 헤어졌던 전남친일 수도 있고, 조금만 맘먹으면 선을 넘어볼 수 있을 거 같은 이성친구일 수도 있다.

이 보험남들이 나 모르게 연애를 쓱싹해서 어느 날 청첩장을 들이밀 땐 마구 화를 내고 싶은 심정이다. 독신 생활이 질리고 질려 낭떠러지 떠밀리듯 결혼을 선택해야 할 때, 그래도 선택지에 몇 명은 있어야 하는데 또 한 명이 줄어들다니. 지금 당장 얘랑 결혼할 생각도 없으면서 '왜 난 아니야?'라고 묻고 싶기까지 하다. 별 마음에도 없는 이 남자도 놓치는 마당에 멀쩡한 신랑감을 찾을 수 있을까 싶기도 하고.

의외로 꽤 괜찮은 여자. 그러니까 객관적으로 나보다 나은 것 같은 그녀 옆에 늠름하게 서 있는 모습을 보면, 내가 왜 쟤한테 적극적이지 않았는지 후회까지 든다. 그날 내가 어떻게 했다면, 저번에 내가 요렇게 했다면, 그때 쟤가 그랬을 때 내가 저랬다면, 지금 저 옆엔 내가 서 있었을까. 그럼 나도 저 여자처럼 행복하게 웃을 수 있었을까. 아주 잠깐 그런 생각이 스친다.

남의 남자를 두고 이 얼마나 불순한 생각인가. 사실 입 밖에만 내지 않으면 무해하지만, 마치 천벌이라도 받을 것 같은 공포에 휩싸인다.

그래서 나는 거의 모든 결혼식에 살짝 지각한다. 축가를 부를 때쯤 도착해서 전체적인 분위기를 스캔한 후 밥을 먹다가, 옷을 갈아입고 인사를 도는 부부에게 눈도장을 찍고 집으로 돌아온다. 사랑하는 친구의 결혼식을 어떻게 그렇게 볼 수 있냐고? 우는 것보단 이게 덜 민폐다. 이세상에 나만 아는 생각이라 해도 '쟬 어떻게 꼬셔볼 걸 그랬나' 하는 생각을 하는 것보단, 꽉 막힌 도로 위에서 택시 미터기와 씨름하는 게 낫다. 결혼식이라면 남부럽지 않게 많이 가본 사람으로서 감히 장담컨대, 예식장 결혼식은 정말 붕어빵 틀에 구워낸 것처럼 똑같다. 그걸 지켜보지 않는다고 해서, 축하하지 않는다고 말하긴 어렵다. 워낙 정신이 없다보니, 몇 달 지나면 누가 왔고 안 왔는지 신랑 신부도 기억 못한다.

독신이 어때서. 왜 결혼식에서 꼭 싱숭생숭할 거라고 생각하냐고 호언하기엔 결혼식은 꽤 강력하다. 40대 이상의 독신치고 남의 결혼식을 처음부터 끝까지 보는 사람 못 봤다. 축하하는 마음은 너무나 크지만, 그보다 자기 자신에게 몰아칠 감정 폭풍이 더 클 거라는 걸 알기 때문이다. 더구나 처음부터 끝까지 같이 있는 친구나, 잠깐 눈도장만 찍는 친구나 크게 구분도 되지 않는 현재의 결혼식 문화에선 후자가 당연히 현명하다.

전남친에 휘둘리지 않기

딱히 궁금하지도 않았던 정보를 습득할 때가 있다. 휴대폰 바꾼 지 얼마 안 됐는데 벌써 같은 회사의 새 모델이 나온다거나, 지난달에 팔아버린 펀드가 이제야 오르기 시작했다거나. 몰라도 세상 사는데 아무 문제없었을, 그러나 한번 머릿속에 박히면 쉽게 떠나지 않는 정보들이 있다.

최악은 전남친에게 새 여자가 생겼다는 정보다. 그 남자와 다시 잘해볼 생각도 전혀 없고, 그와의 좋았던 기억 하나 남지 않았는데 그에게 여자가 떡하니 생겼다는 사실은 씹던 껌처럼 머리칼 끄트머리에 붙어버린다.

혼자일 때 안 좋은 점은 바로 그거다. 사람들과 있을 땐 신경 쓸 겨를도 없었던 껌 쪼가리가 혼자 있을 땐 주먹만 해 보인다는 사실. 밥을 먹다, TV를 보다, 화장품을 바르다, 그 껌 쪼가리에 집착하고 있는 나를 발견한다.

나 없인 못 산다며 매달릴 땐 언제고 나보다 먼저 새 애인이 생기나? 그 녀석이 알고 보면 얼마나 찌질한데 그 여자는 그걸 알려나? 벌써 나보다 그 여자가 더 좋아졌으려나?

주로 비밀 연애가 많았던 나는 굳이 알고 싶지 않은 정보까지 얻게 되는 경우가 많았다. 사람들은 내 앞에서 아무렇지도 않게 말했다.

"그 OO 말이야, 새로 생긴 여친 엄청 예쁘더라. 그리고 완전 어리던데."

이런 멘트들. 전여친 앞에서라면 절대 안 했겠지만, 내가 전여친인 걸 모르는 사람들은 아무렇지도 않게 그런 멘트들을 덧붙이곤 했다. 생각해보면 웃기다. 다들 그렇게 남 헐뜯길 좋아하면서, 내 전남친들의 새 여친에 대해서는 어찌나 칭찬 일색이던지. 이 새끼들이 혹시 내가 전여친인 걸 알고 일부러 저런 말을 하나 싶을 때가 한두 번이 아니었다.

물론 나는 아마추어가 아니므로, 매우 쿨하게 받아친다.

"아, 그래? 근데 OO 요즘 일은 좀 잘하니?"

뭐, 아주 쿨하지만은 않은 것 같다. 사실 나도 모르게 전남친을 깎아내리는 말을 했다가 역공을 받은 적도 있다.

"야. 네가 뭘 안다고 그래. 그 자식이 여자한테 얼마나 인기가 많은데. 그 새 여친도 너보다 200배는 예뻐. 모델급이라니까.”

바쁜 하루 일과를 마치고 집에 와 한숨을 돌리고 나면, 그리 충격적이지도 않았던 이 멘트들이 머릿속을 가득 메운다.

“엄청 예뻐.”

“완전 어려.”

“모델급이라니까.”

나도 분명 집 밖에 남자들이 있다. 솔직히 아주 조금만 분발하면 그깟 새 남친, 못 만들 것도 없다. 그냥 안 만드는 거다. 사람들한테 어찌나 치이는지, 혼자 무인도에 가고 싶다고 생각하는 게 하루에 몇 번이지 모른다. 그런데, 이 사실들이 싹 잊힌다. 혼자 불을 켜고 들어와 옷을 벗고, 씻고, 간식을 먹고, TV를 켜고 멀뚱히 침대에 몸을 눕히는 순간. 나는 세상에서 가장 혼자인 사람이 된다.

그 어디를 봐도 영상이 플레이된다. 그 찌질하던 전남친이 새 여자를 향해 헤벌쭉 웃으며 “이렇게 좋은 건 네가 처음이야”라고 말하는 장면. 나와 갔던 맛집에 새 여친을 데려가서는 “예전에 아는 사람이랑 왔었는데 괜찮더라”라고 무심히 말하는 장면. 전남친이 그 여자 집에 불쑥 찾아가 “보고 싶었어”라고 말하는 장면. 휴대폰이 뜨거워지도록 수다를 떠는 장면.

나는 울리지 않는 전화와 미동도 없는 현관문을 보며 지금 이

땅에서 날 사랑하는 사람이 단 한 명도 없을지 모른다는 불안감에 시달린다. 날 그리워할 남자조차 없어졌다는 사실. 어쩌면 그 남자가 내 생애 마지막이었을지도 모른다는 사실.

그냥 혼자인 건 괜찮지만, 나만 혼자인 건 못 견디게 힘들다. 이도 저도 아니면 확 돌아가버릴까 보다 하고 전남친을 보험 삼아 남겨뒀다면 그 충격은 더 크다. 내가 내다버렸으면서, 누가 주워가면 화가 머리끝까지 나는 이상한 기분. 내게 적지 않은 스크래치를 낸 그 인간이 나보다 먼저 웃고 있다는 상상. 혼자 아무렇지도 않던 일상이 새삼 그렇게 궁상맞고 외로울 수가 없다.

그럴 때, 전남친에게 '자니'라는 문자라도 한 통 오면 땅끝까지 무너진다. 새 여자가 생겼음에도 날 잊지 못하는 이 남자. 그래, 난 쉽게 잊히는 사람이 아니었다는 안심과 어쩌면 다시 설렐 수 있는 나날이 다가올지도 모른다는 기대. 자존감은 회복되고, 엔도르핀이 샘솟는다. 어느새 그를, 다시 사랑하고 있다.

앞서 말했듯 전남친은 되도록 피하는 게 좋다. 해장술 같은 존재랄까. 당장 술이 깨는 것 같지만 더 큰 숙취를 몰고올 뿐이다. 가장 좋은 방법은 내가 중심을 잡고 서서, 전남친의 '수작'을 '개무시'하는 거겠지만 영 쉽지 않다. 우리에게 세상은 언제나 중심을 놓치고 고꾸라지게 만드는 디스코팡팡 같은 존재니까.

그래서 나는 애초에 수작이 없도록 하는 편이다. 상대의 의도가 너무나 불순할 때, 하지만 내버려두면 알면서도 당할지도 모르다는 생각이 들 때, 나는 이 방법을 쓴다. 홍대든, 가로수길이든 내가 있는 쪽으로 오라고 한다. 그는 온다. 뭘 기대하면서 올지는 자명하다. 그러나 내가 부른 자리에는 7~8명이 바글바글 모여 있다. 정말 나와 다시 시작해보려는 진심이 아니었다면 머리끝까지 화가 날 상황이다. 그가 카톡으로 날려댔던 대로 정말 순수하게 날 보고 싶었던 건지, 아니면 다른 의도 때문이었는지 적나라하게 드러나는 순간. 나는 이 남자를 다시 만날 건지, 그대로 택시를 타고 내뺄 것인지 판단하기가 좀 더 쉬워진다.

더 독한 마음을 먹고 끊어내야 할 때는 약간의 출혈도 감수해야 한다. 내 카톡 프로필에 다른 아저씨 사진을 넣어서 전화번호가 바뀐 척을 한다거나, 페이스북에 웬 남자 손을 잡은 사진을 올리며 커플 행세를 하는 거다. 다른 '썸남'들이 우르르 떨어져나갈 가능성도 있지만(떨어져나갈 남자조차 없을 때가 더 많지만), 그의 관심을 꺼뜨리게 하는 데에는 효과적이다. 늘 다니는 게 맛집이고, 영화관이고, 콘서트장이지만 갑자기 마구 행복해 보이는 사진을 올리거나 신원을 알 수 없는 남자의 어깨와 손, 팔 등만 교묘하게 나오는 사진을 찍어 함께 있는 상황을 연출한다면, 사실 이건 단 한 명에게 보여주기 위한 설정 샷일 가능성이 높다.

또 좋은 방법은 그의 새 여자와 친해지는 것이다. 온라인상에서라도 말이다. SNS를 하다보면 전남친의 새 여자를 찾는 건 그리 어려운 일이 아니다. 더 황당한 건, 그녀들이 먼저 내게 팔로우, 친구 신청을 해오는 경우도 꽤 된다는 것. '친구의 친구' 자격으로 내가 추천 상대가 되는 경우가 많다. 별 생각 없이 친구를 수락했다가 나중에서야 그녀가 전남친의 새 여자라는 사실을 알게 되기도 했는데, 그녀가 올리는 '행복해요' 가득한 일상 사진들을 보면서 나는 꽤 단단하게 마음을 다잡곤 했다.

내게 싱숭생숭한 문자메시지가 도착한 날, 그녀는 맛집 사진, 생일 케이크, 예쁜 선물 사진 등을 올리기도 했다. 이를 하나하나 확인하는 것은 일종의 고도화된 프로그램 같았다. '이혜린 순진 방지' 프로그램이랄까.

사실 제일 좋은 방법은 그 어떤 미련도 남지 않도록 관계에 최선을 다하는 거다. 붙잡을 만큼 붙잡고, 울 만큼 울고, 매달릴 만큼 매달려 본다. 너무 비참해서 정이 떨어질 만큼이면 더 좋다. 질척거리는 인연들은 모두 정작 최선을 다해야 할 시기에 자존심만 챙기다가 뒤늦게 후회가 밀려오는 관계들이었다. 차라리 밑바닥까지 떨어지고, 할 만큼 한 관계는 오히려 엔딩이 깔끔했다. 엔딩이 깔끔하면 허무하긴 해도, 뻘짓은 안하게 된다. 한번쯤 거대한 외로움에 무릎을 꿇을 남녀들에겐 이 깔끔한 엔딩이 가장 효과적인 예방주사일 것이다.

혼자 사는 여자의 어드밴티지

○

혼자 산다고 말하는 순간, 남자들의 눈이 이상하게 번뜩이는 걸 비단 나만 목격하지는 않았을 거다. 한 노총각 매니저는 혼자 산다는 여자들의 말만 들으면 "어드밴티지가 있다"고 외쳤다. 농담 삼아 하는 말이지만, 그게 아주 없는 말은 아닐 것이다.

여기서 말하는 어드밴티지는 "모텔 값이 굳는" 지극히 현실적인 요인을 뜻한다. 남자가 독립을 하지 못했거나, 매번 여자친구를 초대할 만한 '세련된' 공간을 확보하지 못한 경우, 여자의 집이 늘 비어 있다는 사실은 그야말로 '어드밴티지'다.

그런 이유로 남자의 호감을 사고 싶진 않았던 나는 혼자 사는 내내 남자들에게 "부모님과 함께 산다"고 말하곤 했다. 솔직한 매니저들의 말을 하도 많이 들어서인지 "부모님과 함께 산다"는 말을 들은 남자들이 좀 시무룩해하는 것 같기도 했고, 이상한 침묵이 아주 잠깐 흐르는 것 같기도 했다. 물론 내가 부모님과 살든 공룡과 살든 아무 관심도 없는데, 나 혼자 오버했을 가능성이 더 많긴 하다.

어쨌든 혼자 산다는 사실이 이상한 '기회'를 뜻하게 하고 싶진 않았다. 그래서 철벽을 참 열심히도 쌓아올렸다. 고작 그딴 이유로 날 좋아하게 만들지 않을 거야!

지나고 보면, 정말 후회가 된다. 바보 같은 일이다. 어드밴티지는 90점에서 95점으로 오른다는 걸 뜻한다. 0점이 100점이 되면 그건 어드밴티지가 아니라, 전산 오류다. 어드밴티지가 어느 정도 등락에 영향을 주긴 하겠지만, 절대적이진 않다. 어차피 나와 잘될 가능성이 있는 남잔데, 그 속도에 차이가 날 뿐이다.

만에 하나, 원래 0점이었는데 100점이 된 거면 또 어떤가. 100점을 유지하면 되는 것 아닌가. 다시 0점이 됐다면, '에라이 똥 밟았네' 하면 그만이다.

이리저리 재고 빼고 웅크리는 후배들을 볼 때마다 해주는 말이 있다. '아끼면 똥이 된다.' 아끼다 내가 '똥'이 되는 것보다야, 똥을 밟는 게 낫지 않은가. 웬만해선 씻어낼 수 있다. 아무 남자와 닥치는 대로 자라는 뜻은 아니지만, '저 남자의 흑심이 뭘까' 에만 집중하다 내 생애 가장 아름다운 시기를 멍 때리며 지나치진 않길 바란다.

혼자 사는 매력도 어필할 수 있으면 하는 게 좋다. 그게 뭐 어떤가. 경쟁은 언제나 치열하다. 예쁜 애들도 많은데, 또 예뻐진 애들도 많다. 연애 초고수들은 좀 많나. '나 오늘 한가해요'를 어필하는 게 아니라, 혼자 자고 혼자 먹고 혼자 일어나는 독립생활의 활력을 보여주라는 말이다. 늘 누군가 챙겨줘야 하는 유아기에 머문 여자들이 꽤 많다는 점을 상기시켜보면, 독립성만 한 매력도 없지 않겠느냐 이 말이다.

내 자체 매력이 많으면 "모텔 값 굳는" 어드밴티지 따위, 1~2점에 지나지 않는다. 그러니 좀 더 자신 있게 한 발짝 나아가도 된다. 우리의 매력은, 모텔 값 따위에 매몰될 만큼 그리 작은 게 아니니까. 매력은 누구도 아닌 자신이 어필하는 것, 우리 스스로 그렇게 믿으면 진짜 실현이 된다.

사실 혼자 사는 어드밴티지는 남자한테도 해당된다. 혼자 사는 남자가 궁상맞다는 건 전근대적인 시선이다. 오히려 더 섹시하다.

더 정확하게 말하면, 가족과 함께 사는 남자에게 감점이 생긴다는 게 맞겠다. 첫인상 신봉주의자인 나는 한번 콩깍지가 씌면 잘 벗겨지지 않는 편인데, 이런 나를 매번 시험에 들게 하는 말이 있다. 바로, "엄마와 살아요"다. 엄마와 사는 게 결코 도덕적으로 문제가 있다는 건 아니지만, 성적 매력을 다분히 반감시킨다는 점을 부인하긴 어렵다. 이 멋지고, 섹시한 남자가 나와 헤어져 집에 들어가서는 "엄마! 밥 줘!"를 외치리라는 사실. 이 어른스럽고, 믿음직한 남자가 나와 만나기 전 엄마가 빨아놓은 속옷과 셔츠를 입고 집을 나섰으리라는 사실. 잊고 싶어도 도무지 머릿속을 떠나지 않는 장면이다.

물론 자녀수가 적어서 노후가 더 적적해질 부모님을 배려하는 마음, 입이 떡 벌어지는 월세 앞에 작아질 수밖에 없는 경제 사정, 그래도 부모님 잔소리 들어가며 꼬박꼬박 집에는 들어가는 생활습관을 고려하면 아직 독립하지 않은 남자가 더 따스하고 현실적으로 보이긴 한다. 하지만 내가 말하고자 하는 건 바로 '섹시함'이다. 따스하고 현실적으로 나쁘지 않은데 섹시하진 않다.

섹시함은 어른스러움과 직결된다. 여자한테 온갖 변태 행위를 시키면서도 오히려 환호를 받은 〈그레이의 50가지 그림자〉 속 남자 주인공을 떠올려보라. 그는 그래도 자신의 영역에서 (지나치게 비현실적으로) 성공하고, 자신의 성(그래, 집이라고 보긴 어렵다)을 완벽하게 지어놓았기 때문에 '이상한' 성적 취향 앞에 비교적 관대한 시선을 받을 수 있었던 것이다. 성공하지 못한 사람은 변태 성행위도 즐기지 못하느냐고 되묻는다면 할 말은 없지만, 이 작품의 남자 주인공이 부모님 집에 얹혀사는 사람이었다면 소설이 이같이 성공하진 못했을 거라는 데에는 꽤 많은 것을 걸 수 있다.

온전한 자신의 세계를 가진 남자, 세상으로부터 완전히 독립된 공간을 가진 남자, 그래서 두 발로 오롯이 서서 한 여자를 사랑할 줄 아는 남자는 그 현실성과 관계없이 섹시하다. 그의 성적 취향이 좀 이상하다 하더라도.

물론 실제 연애는 많이 다르다. 혼자 산다는 게 반드시 완전한 독립을 뜻하진 않는다는 걸, '혼자남'과의 연애 몇 번이면 금세 알아차릴 수 있다. 주말마다 다녀가는 그의 어머니의 손길을 느낀다거나, 현관에 피라미드처럼 쌓여 있는 배달음식 포장지를 본다거나, 꼬깃꼬깃하게 주름이 간 셔츠를 입고 활보하는 그의 모습을 목격하게 되는 순간과 비교적 자주 마주하게 될 테니까. 그리고 무엇보다 결정적으로, 그런 비참한 독거 생활을 마무리 짓고 귀찮은 걸 모두 아내에게 떠맡겨버릴 언젠가를 고대하는 의미에서 결혼할 여자를 찾는 남자들이 꽤 많다는 사실을 알게 된다.

"아침밥 먹고 싶어 죽겠어! 결혼해야지."

이건 대체 무슨 개뼈다귀 같은 소리인가!

혼자서 멋지게 살아낸다는 것, 진정한 독립을 해낸다는 것은 어려울 일일 테다. 특히 남자에게,라고는 하지 않겠다. 사실 여자인 나도 죽도록 어려웠으며 아직도 진정한 독립을 이뤘다고 말하기 어렵다. 하지만 그래도 우리의 환상 속 독립은 여전히 반짝 반짝 빛난다. 아찔하게 섹시하다.

비록 그가 이번 주말 쭈그리고 앉아 변기를 닦느라 날 못 만난다 하더라도 말이다. 물론 그 장면을 꼭 보고 싶진 않지만 소파에 누워 엄마가 차려주는 밥을 먹는 그 어떤 남자보다는, 그 모습이 훨씬 더 섹시한 것이다.

누울 자리를 보고 다리를 뻗어라

밤 9시. 이대로 집에 가긴 뭔가 아쉽다. 집에 가려는 사람들을 붙잡고 늘어지자니, 그 정도로 친하진 않다. 근처에서 한잔하고 있을 친구들을 섭외해보자니, 오늘따라 다들 바쁘다. 택시 타고 30분 정도 달릴 용의도 있다. 강남에선 누가 놀고 있을까. 카톡 연락처를 쭉 넘긴다. 그대로 쭉 넘어간다.

어느새 나는 번잡한 홍대 앞 거리 한복판에 홀로 서 있다. 빈 택시가 내 앞에 선다. 문을 향해 손을 뻗다가 멈춘다. 택시 아저씨가 툴툴거리며 다시 출발한다. 이대로 집에 가긴 싫다. 그런데 딱히 누구랑 놀고 싶은 것인지는 잘 모르겠다. 누가 날 보고 싶다고 해줬으면 좋겠다. 그러면 그 사람이 누구든, 함께 있을 수 있다. 진짜 누구든, 상관없다.

저 멀리 택시가 보인다. 나는 패배자가 된 기분으로 손을 든다. 그 와중에도 혹시 노란색 카톡 불빛이 울릴까봐 눈을 떼지 않는다. 하지만 휴대폰은 묵묵히 침묵을 지키고 있다. 택시가 섰다. 문을 연다. 여는 와중에도 한번 휴대폰을 뒤집어 액정 화면을 확인한다. 뭔가 왔다! 나는 서둘러 메시지를 확인한다.

"난 녹음실 ㅠ 조만간 봐."

일하지 말고 나랑 놀아 달라고, 지난번에 내가 일 안 하고 너랑 놀지 않았냐고 징징대고 싶지만, 차마 그럴 순 없다. 친구 사이에는 지켜야 할 선이 있으니까.

'혼자'인 삶에 익숙해지면, 사람에 대한 기대치를 낮추는 방법을 알게 된다. '썸남'은 절대 애인처럼 헌신적이지 않다. 친구는 절대 내 목숨을 자기 휴식보다 중시하지 않는다. 인맥은 절대 내 속 얘기를 궁금해하지 않는다. 부하직원은 주말을 나랑 보내기 싫어한다. 행여 마음이 약해져 도를 넘는 애정을 갈구하게 될까봐, 몇 번씩 속으로 되뇌게 된다. 나는 혼자다. 적정 수준의 애정만 요구하라.

다 같이 만취한 술자리, 술이 떡이 된 친구가 여자 친구한테 들쳐 업혀 가는 모습을 보면서, 내가 저렇게 뻗으면 과연 누가 와줄까를 고민하는 심정. 술자리 중간에 슬쩍 사라져도 전화 몇 통 오다가 마는 시추에이션. 계단에서 자빠져 응급실에 실려와도, 벌건 대낮에 달려오라고 부를 사람이 없음을 깨닫는 기분. 심히 외로운 순간들이다.

그렇다고 삐뚤어질 필요는 없다. 쿨한 혼자를 택할 때 이런 상황들을 충분히 예상할 수 있어야 했다. 그리고 자기에게 주어진 역할만 하는 주위 사람들에게 괜히 섭섭할 필요도 없다. 미워하면 할수록 나만 불쌍해질 뿐이다.

내게는 그들이 제일 소중하지만, 그들에게는 나보다 더 소중한 이들이 있다는 걸 받아들여야 한다. 그러면 맘이 편하다. 내가 베푼 건 최대한 빨리 잊는 거다. 나는 열 일 제치고 그들을 만나러 간 적도 있다는 사실을 잊어야 한다. 나는 이만큼 해줬지만, 너에게는 애인도 있고 남편도 있고 아내가 있으니 나에게 똑같이 해주긴 어려울 거야. 나는 이해해. 이 얼마나 좋은가.

물론, 그러다 보면 딱히 해주는 것도 없으면서 내 호의만 바라는 놈들이 나타난다. 뒤늦게 내 손해를 깨달았을 때, 기분은 별로지만 그때 내쳐도 된다. 약간 손해 보는 사람이, 생색내느라 바쁜 사람보다 훨씬 더 멋있다. 가장 자괴감이 드는 순간은 생색이라는 걸 알면서도 꼭 한마디 덧붙이는 내 자신과 마주할 때다. 그 장면은 잠이 들기 전에 불현듯 떠오른다.

"아이씨! 그 말은 안 할걸 그랬어! 그랬으면 멋있었을 텐데!"

이불에다 하이킥을 해봐야 늦었다.

잔정이 많은 사람은 좋지만, 정에 목마른 사람은 별로다. 만날 때마다 소소한 선물을 챙겨주고, 지난번에 털어놓은 고민의 뒷얘기를 궁금해해주는 것은 감동이지만, 그렇다고 해서 상대가 내게 똑같은 걸 요구할 권리는 생기지 않는다. 생각해보면 연인관계조차 동등한 기브 앤 테이크는 아니다. 하물며 보통의 인간관계는 어떻겠나.

내가 준 만큼 돌려 달라고 '합법적'으로 징징댈 수 있는 방법은 없다. 더구나 그 누구와도 '독점적 인간관계'를 맺지 않은 독신들은 더욱 그렇다. 그렇다고 '안 주고 안 받기'는 영 각박하다. 훈훈하게 '주고 까먹어버리기'가 최선이다. 그러면, 적어도 '혼자 외로워서 저러는데 좀 잘해주자' 하는 불쌍한 시선은 안 받게 된다.

하나 더 유의할 게 있다. 가상의 선을 긋는 거다. 사람들과 벽을 쌓으라는 게 아니다. 다만, 이 이상 건너가면 '내가 불쌍, 혹은 처량해진다'는 가상의 선을 인지해두라는 거다.

오랫동안 혼자 산 사람의 특성이 하나 있다. 예외는 있겠지만, 대체로 해당된다고 많은 사람들이 동의했다. 바로, 말이 많아진다는 것이다. 유쾌하게 말이 많아지는 게 아니라, 상대가 궁금해하지 않는 것까지 주절거린다. 홀로 주말을 보내고 돌아온 월요일이 특히 그렇다. 누군가 내 얘기를 들을 준비가 됐다 싶으면, 평소 쏟아내고 싶었던 얘기가 꼬리를 물고 쏟아지면서 상대를 뜨악하게 만든다. 내가 누군가와 대화를 하고 있다는 사실에 취해서, 상대가 어떤 표정을 짓고 있는지 얼마나 괴로운지는 눈에 들어오지 않는다.

기자들에게 전화를 자주 걸어야 하는 홍보담당자들은, 혼자 사는 기자에게 안부 전화하는 게 가끔은 정말 무섭다고 했다. 뭔가 한마디를 했을 뿐인데 30~40분씩 수다쇼가 시작되는 게 흔하단다. 그 바쁜 기자들이 설마 그렇겠냐 하겠지만, 정말 그랬다. 뭔가 할 말은 많은데 딱히 할 데가 없는 혼자 남녀들은 '을의 자세'로 걸려오는 안부 전화가 그렇게 반갑다.

내가 남 얘기를 할 때는 아니다. 나도 그렇다. 가끔 후배들을 데리고 택시를 타면, 홍대서 강남까지 넘어가는 약 한 시간 동안 단 1초도 쉬지 않고 떠들고 있는 나를 보게 된다. 주제는 실로 다양하다. 과거 무용담부터, 연예계 떠도는 스캔들 뒷얘기, 유명 매니저의 흑역사, 하다못해 오늘 아침에 본 강아지 똥 색깔까지 끝도 없이 줄줄 나온다. 묵묵히 듣고 있던 택시 아저씨로부터 "입이 쉬지를 않네. 대단한 아가씨네요"라는 말을 들은 게 한두번이 아니다. 내 딴에는 함께 탄 후배가 열심히 웃고 있다고 생각했는데, 지금 기억해보면 정말 그랬을까 의구심이 든다. 어쩌면 그들은 택시 문을 열고 차도에 뛰어내리고 싶었을지도 모른다.

한참이나 그러다 어느 날 돌연 깨달았다. 내가 지금 대화를 하는 게 아니라 혼자 수다쇼를 펼치고 있구나. 후배들은 리액션하느라 피곤하겠구나. 나, 사람과 마주 앉아 웃고 떠드는 게 좀 그리웠구나. 그렇게 난데없이 또 울적해졌다.

애인이 없다고, 함께 사는 사람이 없다고, 남는 에너지를 마구 뿌리고 다니면 주위 사람들이 너무 피곤해진다. 그렇게 여기저기 에너지를 쏟아놓고 그만큼이 안 돌아온다고 징징대기 시작

하면 참 많이 추해진다. 그렇게 모든 관계가 휘청거린다.

뭐든지 적정선을 지킬 것. 다른 사람의 사정도 살필 수 있을 것. 오랫동안 외롭다 보면 의외로 지키기 힘든 덕목들이다. 애인이 없어 자유롭고, 남편이 없어 내 시간이 많고, 룸메이트가 없어 편하다면 부작용도 받아들여야 한다. 애인만큼 나를 사랑하고, 남편만큼 나를 신경 쓰고, 룸메이트만큼 나와 많은 시간을 보낼 각오가 돼 있는 사람도 없다는 사실 말이다.

3. 회사

믿으면 큰일나

“이렇게는 더 이상 못 살아” 하며 멋지게 사표를 던진다. 그러나 회사 밖 세상도 별거 없다는 뼈저린 깨달음. 너무도 슬픈 일이다. 회사 밖으로 뛰쳐나가고픈 유혹은 남보다 거세지만, 그렇다고 막막한 미래를 오롯이 감당하기 어렵긴 매한가지다. 이것이야말로 스스로를 먹여 살려야 하는 ‘혼자들의 숙명’이 아닐까.

《상황》

회사가 날 구원하리라는 환상

직장인의 결말

○

워커홀릭에는 두 가지 종류가 있다. 첫 번째 부류는 일 자체가 너무 좋고 일밖에 할 게 없어서 일에 매달리는 사람이다. 또 다른 부류는 회사가 좋아서, 믿을 게 회사밖에 없어서 일에 매달리는 사람이다.

이 둘은 비슷한 듯 다르다. 일이 주는 쾌감과 회사가 주는 안정감은 종류가 다르니까. 일이 좋은 사람이야, 능력에 한계를 드러내는 나 자신이나 일에 집중할 수 없게 만드는 주변 환경이 힘든 정도겠지만, 회사가 좋은 사람은 언젠가 크게 한 방을 맞게 마련이다. 헌신해봐야 헌신짝된다는 만고의 진리, 회사는 결국 남의 것이라는 변할 수 없는 팩트. 그토록 사랑했던 조직의 한복판에서 혼자 장검에 푹 찔려 피를 철철 흘리다 시체까지 치워줘야 하는 순간이 온다.

'너, 제대로 키워줄게', '우리 팀이 크면 너도 큰다', '네가 얼마나 잘해왔는지 잘 알고 있다'는 웬만큼 똘똘한 사람이라면 다 들어봤을 당근일 것이다. 순진한 우리는 어마어마한 동아줄이라도 잡았다는 생각에 일에 매달린다. 그깟 친구 만나는 약속 뒤로 좀 미루면 어떤가. 다 좋자고 하는 일인데 내 사비 좀 쓰면 어떤가. 어차피 다음 주에 할 일인데 주말에 미리 좀 하면 어떤가.

당연히 예쁨 받는 후배가 된다. 나도 성장하고 회사도 성장한다. 아니, 성장하는 것 같다. 인정받는다. 아주 약간 기분이 좋아진다.

그리고 그때, 잠시도 기다려주지 않고, 제2막이 열린다. 똑같은 회사, 똑같은 상사, 똑같은 기업 환경인데, 당근은 썩어 들어간다. '너, 좀 컸다?', '대표는 나다', '이젠 네가 없어도 조직은 잘 굴러간다'. 사회생활 수개월이면 금방 알아차리는 조직 생리라지만, 남의 일로 구경하는 것과 직접 겪는 건 그 충격파가 전혀 다르다. 나도 예외가 아니라는 자괴감, 순진했던 나 자신에 대한 혐오감, 다시는 그 누구도 믿지 않겠다는 반항심이 쓰나미처럼 밀려온다.

그러나 늦었다. 친구들과는 말이 통하지 않을 만큼 상황이 변해버렸다. 내가 좋아서 쓴 돈과 내가 좋아서 버린 건강은 스스로 책임져야 한다. 기억에 남는 주말 추억 하나 없이 비루한 몸뚱이만 남았다.

더 서글픈 사실은 워커홀릭의 편에 서는 사람이 많지 않다는 것이다. 나 때문에 우리 회사와 일한다던 인맥과, 나를 존경한다던 후배들과, 내 어깨를 두드려주는 동기들의 본심이 보이기 시작한다. 금세 '나를 대체할 다음 인물'을 찾아나서는 인맥과, '그래도 저렇게 살진 말자'고 다짐하는 후배들과, 내 어깨를 두드리는 척 콱 눌러버릴 생각을 하는 동기들만 있을 뿐이다.

그래도 경력은 여전히 빛난다. 속은 삐뚤어질 대로 삐뚤어졌지만, 어쨌든 좋은 기회는 찾아온다. 업무에 과몰입한 날이 한꺼번에 배신은 하지 않는구나, 희망을 품어본다. 두 가지 시나리오가 가능하다.

1번 케이스. 자기 사업을 시작한다. 2번 케이스. 좋은 조건에 스카우트된다.

나는 이 두 가지의 길을 가는 사람들을 참 많이 봐 왔다. 그리고 그들이 어떻게 낭떠러지로 떨어지는지도 봤다.

1번 케이스. 나를 배신할 리 없는 내 회사다. 가장 의욕이 솟아야 하는 순간, 의외로 우울증에 걸린 사람도 많았다. 각오는 했지만 역시나 이전에 다녔던 회사 명함의 힘을 실감하고 만다. 내가 일을 잘했던 건 그 회사의 구성원이었기 때문이었나. 나라서 일이 잘 풀린 게 아니라, '그 회사의 나'라서 사람들이 쉽게 만나주고, 일을 진행해줬던 거였나. 아냐, 나도 그 회사에서 처음부터 쉬웠던 건 아니야,라고 마음을 다잡아봐도 다시 초심으로 돌아가기가 그리 쉬운 게 아니다.

바로 이때, 인맥의 50퍼센트를 잃는다. 큰 회사 조직원이 아닌, 아무것도 아닌 신생회사의 나는 필요 없었던 사람들과 바이바이하게 된다. 그래도 우리 사회는 훈훈한 곳이니까 나머지 50퍼센트는 기회를 준다. 한번은 마음을 열고, 손을 잡아준다. 물론, 일이라는 게 한번에 성공할 순 없다. 삐걱대고, 실패도 하고, 누수가 생긴다.

이때가 갈림길이다. 그 기회를 활용해 1년 안에 자리 잡으면, 기존 50퍼센트는 물론이고 떠났던 50퍼센트까지 돌아온다. 날 도와줬던 50퍼센트와 멀리했던 50퍼센트를 차별하며 의리를 갚아가는 과정은 역시나 신이 난다.

그러나 또 다른 길도 있다. 자리를 못 잡아버리면, 한 사람에게 두 번 이상 부탁해야 하는 일이 생기면 인맥은 금세 제로를 향해 곤두박질친다. 내가 열심히 닦아놨던 이전 직장 경력의 화사함마저 잃고 업계에서 영영 안녕이다.

2번 케이스. 더 좋은 회사일 수도 있고, 아직 작은 회사이지만 나에게 전권을 주고 한번 키워 달라고 읍소하는 회사일 수도 있다. 날 찬밥 취급한 회사를 발로 차버리고 더 좋은 회사로 가는 기분, 모든 걸 리셋해버리고 처음부터 다시 시작하는 기분,

아주 좋다.

그러나 여기에도 함정은 있다. 더 좋은 회사에는 더 큰 경쟁이 도사리고 있다. 나의 헌신을 헌신짝으로 만들 윗사람도 훨씬 더 많다. 나의 업무 과몰입에 경기를 일으킬 후배들도 더 많다.

좋은 회사는 보통 크게 마련인데, 회사 충성형 워커홀릭들은 큰 회사에 잘 맞지 않다. 회사를 위해 먼저 일을 찾아서 하고, 회사를 위해 자기 페이스로 쭉 달려버리는 개인들에게 큰 회사는 절대 그라운드를 제공하지 않는다. 조금만 열심히 하면 옆 부서에서, 아래 위에서 즉각 견제가 들어온다.

"네 일만 해. 이것아!"

해도 티도 안 나는데, 시키는 것만 하고 있는 상황이 갑갑해 미칠 지경이 된다.

그래서 더 선호하는 게 작은 회사일 것이다. 내가 이뤄놓은 결과물을 부러워하는 다른 회사가 나를 부를 수 있다. 우리 회사엔 당신이 필요하니, 원하는 걸 모두 들어주겠소. 이 사업을 위해선 당신이 꼭 필요하오. 우리는 다른 회사와 다르오. 의리와 정이 있다오. 당신 회사라 생각하고, 잘 일궈내주시오. 사례는 두둑할 거요.

한두 번 받은 상처 따위 잊고, 또다시 헌신하기 딱 좋은 멘트다. 불모지로 스카우트돼 또 한 번 돈 버리고 건강 버리고 성격 버려가며 커리어를 일구는 사례 또한 많이 봤다. 업계는 연신 감탄하기 바쁘다. 역시 능력자야!

그러나 조직은, 단언컨대 모든 조직은 다 똑같다.

"아니, 이만큼 투자했는데 왜 결과가 이것밖에 안 돼?"라는 말을 들을까봐 영혼까지 탈탈 털어 어느 정도 성과를 내고 나면, 예상치 못했던, 그러나 익숙한 멘트가 날아온다.

이제 당신이 아니어도 조직이 잘 굴러갈 것 같소!

고액 연봉을 받고 회사를 옮겨 성과를 입증해야 하는 압박으로 맘고생에 시달리는 사람들을 꽤 많이 봤다. 연봉 올라서 좋겠다는 속도 모르는 소릴 들어가며, 저녁 시간과 주말을 반납하고 내달리는 그들의 모습은 그다지 행복해 보이지 않았다. 그래도 연봉이 참 부럽다고 하자, 선배들은 딱히 부러울 일도 아니라며 고개를 저었다.

"부럽긴. 회사 자리 잡으면 제1순위 모가지가 저 사람이야. 저 연봉을 왜 줘."

내 실력을 입증해 회사를 키워야 한다는 임무와 그래도 내가 필요 없을 만큼 자리를 잡아버리면 안 된다는 불안감. 정말, 제정신으로 버티기 힘든 곳이다, 회사라는 조직은.

진짜 프리한 프리랜서는 존재하는가

○

대학 시절 한 IT 기업에서 인턴으로 일하다 그만두고 돌아오는 길이었다. 초여름 햇살이 뜨끈한 여의도 거리를 걸으며 그런 생각을 했었다.

'내가 뭘 해먹고 살게 될지는 모르겠지만 회사원은 절대 되지 않을 거야.'

조직 안에서 만난 모든 사람들은 정말이지 하나같이 이상했고, 그 조직 안에서 하루 이틀 적응해가는 나 역시 이상해져가는 걸 분명하게 느꼈었다.

그런데 뭐 별 수 있나. 게으르고 무기력했던 나는 회사원이 되지 않고 먹고살 방법을 전혀 마련하지 못했고, 대학도 졸업하기 전에 또 인턴 사원으로 다른 회사 조직 구석에 비집고 들어가

1년 전 내 다짐 같은 건 짐짓 까먹은 척하기 바빴다.

그래도 본성은 못 바꾼다는 게 맞는 말인지, 스물아홉 살이 되던 해, 나는 상사한테 잘 보여야 살아남는 삶에 환멸을 느끼며 또 한 번 외쳤다.

"작가가 되겠어! 반드시 나 혼자 내 맘대로 일하는 사람이 되겠어!"

주위의 많은 분들이 우려를 표했다. 실로 거대한 우려였다.

"프리랜서는 곧, 네 통장이 프리해진다는 뜻이야."

"월급 없는 삶이 얼마나 비참한지 알아???!"

"배부른 소리하고 자빠졌네!!"

"프리랜서로 잘살 수 있는 사람은 진짜 선택받은 사람이야. 우리랑 다른 사람들이라고!"

정말, 단 한 명도 응원해주지 않았다. 월말에 꼬박꼬박 들어오는 월급의 힘은 나도 충분히 인지하고 있었지만, 그들의 무시무시한 조언에 내심 섭섭하기도 했다. 내 주위엔 프리랜서 하려다 망해본 사람이 어찌나 많던지, 긍정적인 자세를 유지하기 위해 사람을 피해야 할 정도였다.

결론을 말하자면, 나는 멋있게 사표를 냈고, 미드를 2주 보고, 소설을 3주 읽었다. 그리고 책을 한 권 다 쓰기 무섭게 총알같이 다른 회사에 들어갔다. 10개월 만에 다시 직장인이 되고 말았다.

프리랜서로서 가장 힘든 건 사람을 다루는 일이었다. 사람 때문에 조직이 싫었던 나는, 조직을 떠나 만나는 사람들은 더 싫다는 걸 절감했다. 방탄조끼 하나 안 걸치고 적장에 뛰어든 느낌이랄까. 모두가 나의 갑이었고, 모두가 나의 적이었다. 나는 한없이 쪼그라들었다. 회사 뒤에 숨을 수도, 회사 믿고 까불 수도, 회사 핑계로 진상을 떨 수도 없었다. 그저 명함 한 장 없는 '이혜린'이 돼서, 상대가 내게 해주는 조언이 자기만 좋은 말은 아닌지, 상대가 내게 내미는 계약서가 사기는 아닌지, 상대가 내게 건네는 눈빛이 '개무시'는 아닌지 전전긍긍해야 했다. 혼자 글을 쓰는 시간은 너무 행복했지만, 그 시간을 제외한 모든 시간이 가시밭길이었다.

물론 내가 인기 작가였다면, 프리랜서도 할 만했을지 모른다. 하지만 모든 프리랜서 길의 초기엔 이 같은 환멸의 시간이 길든 짧든 웅크리고 있다.

버티기 힘들었다. 일을 놓쳐도, 갈아엎어도, 막판에 콧물을 빠뜨려도 나 혼자 실패했다. 함께 화내주는 사람도, 아쉬워해주는 사람도 없었다. 위로가 위로로 느껴지지 않았다. 내가 실패하면, 나보다 더 실망해서 혼을 내던 선배가 그리울 지경이었다.

진부한 표현을 빌리자면, 진짜 나와의 싸움이었다. 성공의 단맛을 혼자 꿀꺽할 생각에 기쁘기만 했지, 그 과정도 철저히 혼자일 거라곤 생각을 못했다. 그토록 철저히 혼자를 꿈꿨음에도. 이긴 터널 끝에 성공이 있을지 실패가 있을지 단 1그램도 감을 잡지 못한 채 자기혐오와 자아도취 사이를 극과 극으로 오갔다.

이건 세기의 작품이야.

이건 쓰레기야.

이건 교과서에 실려야 해.

이건 개쓰레기야.

오롯이 혼자 일해서 다수의 선택을 받아야 하는 삶. 그래서 그 다수가 모두 내 갑인 삶. 그와 동시에 그 다수가 내 팬일 수도 있는 삶. 그 어떤 결과든 누굴 탓하기도 애매해서 스스로 좌절과 성취감의 진폭이 클 수밖에 없는 삶. 조울증은 내 친구였다.

정신 문제(?)를 겨우 추스를 때쯤 되자, 현실적인 문제도 눈에 들어오기 시작했다. 통장은 무시무시한 속도로 바닥을 드러냈다. 쓰고 있던 책이 망할 경우, 1년 후 아니, 당장 6개월 후의 내가 상상조차 안 됐다. 내가 얼마나 많은 사람들 사이에서 부대끼며 구차하게 '나'를 어필해야, 밥벌이가 가능할 것인가. 손바닥만 한 명함 한 장이 절실해질 때쯤, 마침 좋은 기회가 찾아왔고 냉큼 월급쟁이로 컴백했다.

가끔 그 시절이 그립긴 하다. 일하는 시간을 맘대로 정하고, 설계한 결과물을 스스로 책임지던 시절.

"잠깐만."

내 신세한탄을 듣던 친구들은 제동을 건다.

"네 시간을 네가 정했다고?"

음. 출판사가 정한 마감일에 맞췄다.

"네가 설계한 결과물을 스스로 책임졌다고?"

음. 혹시 내 소설이 재미없을까봐 만나는 사람마다 읽어봐 달라고 징징댔다.

"클라이언트를 신처럼 모시며, 주말 없이 주7일 마감 맞추느라 영혼이 탈탈 털리는 프리랜서들을 모욕하지 마."

그렇다. 무엇보다, 주말도, 쉬는 날도, 퇴근 시간도 없었다. 나에게 프리함이란, 아침 8시에 일어나서 일할 것이냐, 오후 4시에 일어나서 밤을 샐 것이냐 결정하는 것, 딱 그 정도였다. 가끔은 그 정도도 목숨같이 간절하지만, 클라이언트한테 잘못 보이면 밥그릇이 날아가던 그 시절이 상사한테 혼나면 그만인 월급쟁이 시절보다 행복했다고 내 자신을 속일 수는 없다.

진짜 성공하기 전까지, 어쩌면 그 이후에도 우리의 인생은 수많은 사람들 사이에서 부대끼고 휘청거린다. 상대가 조직 안의 사람이냐, 조직 밖의 사람이냐일 뿐, 프리랜서도 회사원도 명쾌한 해답이 될 수는 없다. 사람한테 어떻게 부대끼느냐, 그 요령을 찾는 게 먼저다.

회사에 영원한 친구는 없다

스스로 회사생활을 힘들게 하는 방법이 몇 가지 있다. 일터에서의 자기 위치를 자신의 모든 것으로 치부하거나, 미처 가지 않은 길에만 집착하며 지금의 처지를 한탄하거나, 그중에서도 최고는 회사에서 친구를 만들려고 노력하는 것이다.

주위 모든 사람들과 친해야 마음이 놓이고, 행여 자신에 대해 나쁜 말이라도 나올까봐 걱정하는 삶은 필요 이상으로 피곤하다.

물론 회사에서 좋은 사람이 되는 건 중요하다. 함께 일하면 즐겁고, 믿고 일을 맡길 수 있으며, 소소한 일상까지 나눌 수 있는 사람은 당연히 직장에서 예쁨을 받는다. 그렇다고 반드시 좋은 친구까지 될 필요는 없다. 오히려 좋은 친구가 되어선 곤란한 시점이 온다.

회사에서 사람들과 관계를 맺다보면, 악역이 돼야 하는 순간이 있다. 웃으면서도 어금니 꽉 깨물고 말해야 하는 순간, 아닌 척 슬쩍 물 먹여야 하는 순간, 치명적인 비밀을 아주 자연스럽게 흘려야 하는 순간이 온다. 그때마다 '친구'로서 괴로워하기 시작하면 직장생활은 꼬일 수밖에 없다.

회사에 영원한 친구는 없다. 이해관계는 반드시 어긋나게 돼 있다. 조직은 피라미드 구조니까. 다 같이 동등하게 잘나갈 수 없으니까. 상황이 바뀌면 반드시 관계도 바뀌는 법이다.

동료가 친구가 되기 어렵듯, 친구가 동료가 되기도 어렵다. 죽고 못 사는 관계에서 동업을 시작하는 경우를 자주 목격하게 되는데, 십중팔구 몇 년을 가지 못하고는 "나 이제 걔랑 연락 안 해" 하며 관계가 틀어진다. 성별, 나이 불문하고 그랬다.

아마도 그들 역시 동업 실패의 숱한 경우를 봤을 것이다. 그럼에도 동업을 시작했던 건 '나는 다를 것'이라는 믿음 때문이 아니었을까. 원래 이 세상 실수가 반복되는 건, 그 어리석은 믿음 때문이다. 나는 다를 거야.

우리는 예외가 아니다. 당연히, 나도 예외가 아니었다. 정말 된통 당했다. 은근히 오지랖이 넓은 나는 오랜 기간 친했던(친했다고 믿었던) 친구 녀석을 추천하고 호흡을 맞춰 일한 적이 있다.

참 좋았다. 직장이라는 숨 막히는 공간에서, 있는 얘기 없는 얘기 다 쏟아내고 공감을 얻을 수 있는 상대가 있다는 것. 아무리 '생지랄'을 해도 웃고 넘어가줄 수 있는 상대가 있다는 것. 나한테도, 상대한테도, 오래된 세월만큼이나 굳건한 우정이 있다고 믿을 수 있는 것. 그래서 회사보다 네가, 우리가, 우선이라고 착각했다.

너무나 큰 착각이었다. 상대를 탓할 것 없이 나부터가 그랬다. 친구가 내 커리어와 부딪히는 순간, 나는 가차 없이 커리어를 택했다. 그나마 다행인 건, 상대 역시 나보다 커리어를 2천 배는 아끼는 듯했다는 점이다. 다른 사람도 아니고, 네가 어떻게 내 커리어에 부딪힐 수 있니. 나랑 그렇게 친하면서, 그 정도 배려도 못하니. 어머나, 다른 사람도 아니고, 네가 어떻게 나보다 커리어를 택할 수 있니. 나랑 그렇게 친하면서, 그 정도 의리도 없는 거니. 남이었으면 신경도 안 쓰고 넘어갈 사소한 문제에도 배신감이 치솟았다.

회사는 사람이 가장 멀쩡한 척, 프로페셔널한 척하는 공간이지만 그와 동시에 가장 밑바닥을 드러내는 곳이다. 자존심, 경력, 평판, 무엇보다 밥줄을 걸고 싸우는 곳에서 우리는 스스로도 미처 몰랐던 가장 밑바닥 인격을 드러낸다. 그 아무리 절친한 친구라도 절대 예상치 못할, 또 다른 자아가 분명히 있다. 당연히 쌩판 남의 새 자아보다, 사랑하던 친구의 새 자아가 더 뜨악스럽다. 회사에서 친구를 늘릴 때마다, 그렇게 뜨악할 횟수를 더 늘리는 셈이다.

나는 꽤 여러 번 뜨악했고, 상대를 여러 번 뜨악하게 만들었다. 체면이 있어서 티도 못 내는, 정말 사소한 일들이었다. 그렇게 우리는 누가 먼저 "너랑 일 못하겠어"라고 말하느냐를 두고 신경전을 벌이다, 결국 동시에 터져버렸다. 오랜 친구 사이이니 찰떡 호흡이 되리라고 큰소리치며 팀을 꾸렸던 나는 결국 내 생애 최악의 커리어를 쓰고 말았다.

한동안은 상대가 얼마나 잘못했는지를 열 올려 떠들고 다녔다. 난 멀쩡했는데, 그 새끼가 알고 보니 이상했다고. 내가 그야말로 '당한' 거라고. 그런데 이제는 알겠다. 나도 그리 제대로 된 친구는 아니었다. 그렇다고 제대로 된 동료였냐, 피차 또라이였다.

생각해보면, 성공적인 관계는 오히려 적당한 거리에서 나왔다. 그렇게 친하면서 왜 아직 말을 놓지 않느냐는 질문을 여러 번 받는 관계. 친한 사이에 뭐 그런 것까지 배려하느냐고 한소리 듣는 관계. 그런 관계가 오래갔다. 반면 자타공인 너무 친하다고 인정하는 순간, "걔 근데 그런 면이 있더라"며 배신감을 느끼고 멀어지는 경우가 적지 않았다.

나도 내 앞가림을 잘 못하지만 그래도 후배들에게 추천하는 단 하나의 사회생활 노하우가 있다면 바로 "업계에서 형 동생, 언니 동생을 맺지 말 것"이다. 의리와 정으로 사는 이 사회, 형 동생, 언니 동생만큼 따사롭고 든든한 게 어디있겠냐마는, 나는 그게 정말 위험하다고 믿는다. 형 동생이라서, 언니 동생이라서 오히려 순식간에 원수가 되는 걸 숱하게 봤기 때문이다.

그 '편한' 말투가 결정적일 때 상대 신경을 쫙 긁어버리는 상황. 내가 지금도 네 '형'으로 보이니? 이럴 때도 '동생'으로 보면 곤란하지! 역시나 편하게 나오는 리액션은 미세하게, 혹은 노골적으로 관계를 틀어버린다. 이성을 발휘해 기분 나쁜 티를 내지 않았다 해도, 속은 불편해진다.

끝까지 친절하고 의리 넘칠 자신이 없으면 애초에 까칠한 게 낫다. 끝까지 목숨 바쳐 형, 언니로 모실 거 아니면 애초에 선을 긋는 게 낫다. 그렇다고 거리가 멀어지는 것은 아니다. 굳이 '이촌'이 되지 않아도 충분히 친해질 수 있다. '이촌'이 아니기 때문에 더 작은 것에 감동받고, 더 세세한 것을 배려하기도 한다. 당연히 그런 관계는 오래, 튼튼하게 지속된다.

일반 인간관계에도 이를 권하진 않겠다. 연애도 우정도 뜨거운 게 좋다. 다만 직장에서의 롱런을 위해선 버라이어티한 내일을 대비할 줄도 알아야 한다. 주위 사람들은 우리 눈에 보이는 거리보다 더 가까이 있다. 안전거리를 확보해야 한다. 잠깐만 방심하면, 추돌 사고는 반드시 일어난다. 직장에서의 추돌 사고는 보험 처리도 쉽지 않다.

월급이라는 마지막 보루

나는 가끔, 아니 자주 상상한다. 내가 만약 엄청난 부잣집 딸로 태어나 건물 하나 물려받아 임대료만 월 수천만 원씩 받으며 살 수 있다면. 노동하지 않고, 정기적으로 거액의 돈을 내 품에 안을 수 있다면.

나는 과연 기자를 계속할까. 이해할 수 없는 상사의 명령에 "네"라고 답할까. 새벽 6시 30분 천국과 같은 이불 안에서 박차고 일어날까. 실은 아무 관심도 없는 연예계 사건 사고 현장을 어슬렁거릴까.

그 어떤 예외도 없이 "NO"다. 내가 직업을 갖고 있는 건 100퍼센트 월급 때문은 아니지만, 또 전혀 아니라고 할 수도 없다. 직장생활 5년차 이상이라면, 직업적 사명감이라던가 자아실현의 성취감 따위가 개소리인 것은 충분히 알 테다.

내가 이해할 수 없는 상사의 말에 "네"라고 답하는 건, 상명하복이 효율적이어서가 아니다. 윗사람의 의견이 당연히 더 지혜롭기 때문도 아니다. 내가 상사의 눈 밖에 남으로써 일어나는 나쁜 일들을 피하고 싶을 뿐이다. 이 '나쁜' 일들 중 가장 큰 일은, 단연 내 월급에 영향을 미치는 일이다.

새벽 6시 30분에 일어나는 것도, 별 관심도 없는 일에 매달리는 것도, 생각해보면 이유는 단 하나다. '인간답게' 살기 위해 필요한 그 돈을 회사가 준다는 슬픈 사실. 그렇게 월급을 중시하는 인간이 왜 박봉을 자랑하는 기자가 됐느냐고 묻는다면, "나는 한때 자아성취 따위를 너무나 좋아했던 순진한 인간이었어"라고 인정할 수밖에 없다. 한때의 순진함은, 평생을 쥐고 흔든다.

그 순진함에서 빨리 벗어나는 방법이라면 '혼자 살기'를 빼놓을 수 없다. 당장 밥 얻어먹을 가족이 없고, "아 몰라! 잠깐만 날 먹여 살려줘"라고 떼쓸 배우자가 없고(배우자가 있다고 해서 이런 떼를 쉽게 쓸 수 있는 것은 아니다), 내 집에서 나가면 편하게 몸을 뉘일 공간이 없다는 사실.

가만있어도 정신이 번쩍 든다. 이쯤 되면 회사는 전쟁터가 된다. 당장 내일 먹고 입고 잘 것을 구해야 하는 정글이 된다. 우리 '혼자'들의 회사생활이 더 힘든 이유다. '혼자'들은 회사 외엔 비빌 언덕이 없다.

'혼자'들의 회사생활은 종종 과소평가된다. 자식 먹여 살리기 위해 목숨 걸고 뛰는 가장들과 비교하면 우리의 회사생활은 취미생활 같아 보이기도 한다. 작게는 연말정산(최근에는 작지 않다!!)부터 크고 작은 인사고과에도 가정을 책임지는 자와 달랑 자기 입 하나 책임지는 자의 근무 태도를 아예 다른 출발선에서 평가하는 걸 볼 수 있다.

물론 그런 선입견을 뒷받침하는 사례가 아예 없다고 하진 않겠다. 수시로 사표를 날리고 여행을 떠나거나, 조그만 일에 폭발해서 잠수 타버리는 싱글이 없진 않다. 나 역시 수시로 그런 선택을 꿈꾼다.

그러나 대다수에겐 진짜 꿈일 뿐이다. 자녀를 먹여 살리기 위함이 절박한 만큼, 스스로를 먹여 살리는 것도 절박하다. '나 한 명 입에 풀칠 못하겠나'라고 낙관하기엔 그리 좋은 시절이 아니다. 가장의 어깨에 올려진 짐을 가볍다고 폄하할 생각은 없지만, 싱글들의 어깨 위에도 적지 않은 짐이 올려져 있다. 이 점은 꼭 한 번 강조해야 할 문제가 아닌가 싶다.

월급에 의존한 삶은 세상을 보는 가치관을 180도 뒤집는다. 이 마지막 보루를 잃으면, 맨몸으로 총알을 맞아야 할지도 모르는 상황. 당연히 불의 따위 따지고 들 이유가 없고, 부조리 따위 눈에 보이지도 않는다.

꼭 맨몸에 총알을 맞을 위기여야 보루가 필요한 것도 아니다. 넉넉하진 않아도 통장에 한번 들어왔다 나가는 일정 금액은 내가 그럭저럭 살고 있다는 것을 입증한다. 이 입증은 중요하다. 일곱 자리수가 넘어가는 카드 값을 메울 수 있다는 안도감, 오랜만에 만난 친구들한테 한턱낼 수 있다는 안도감, 적금을 해지하지 않고 유지할 수 있다는 안도감.

그렇다, 안도감이다. 만족감이 아니라, 그럭저럭 살아가고 있다는 자기 위안이다.

이 위안은 중독성이 있다. 주기적으로 우리 몸에 들어오지 않으면 슬슬 금단현상이 나타난다. 아무리 긍정적으로 생각해보려 하고 여유를 가지려 노력해봐도 몸이 먼저 반응한다. 소화가 안 된다. 여기저기 아파온다. 월급이 없다. 당장 낭떠러지로 떨어질 것 같은 불안감, 나 혼자 뒤처지는 것 같은 불안감, 다시는 평범한 삶을 살 수 없을 것 같은 불안감이 몰려온다.

그렇다, 불안감이다. 실제 위기가 아니라, 위기가 곧 들이닥칠 것 같은 위기감이다.

그렇게 위기감을 벗어나는데 급급하다보면, 유통기한 짧은 안도감에 중독되다보면 진짜 현실을 잊기도 한다. 실제 월급이 우리 생활을 그리 풍족하게 해주지도 않을뿐더러, 평생을 보장

해주지도 않는다는 사실을 말이다.

그리고 어느 날, 아주 잠깐 방심한 사이 이 비참한 현실은 눈앞에 선명하게 보인다. 내 밥줄을 남이 좌우하는 지랄맞은 상황. 티끌만큼 남아 있는 자존감. 월급 따위에 내 모든 것을 걸고 있는 비루함.

그럴 때 '혼자'들은 사표를 던지고 싶은 강렬한 유혹에 맞닥뜨린다. 회사를 그만두고 어떠한 일에 도전해서 성공하겠다는 게 아니라, 일단 다람쥐 쳇바퀴 같은 월급 노예 생활에서 벗어나 숨을 쉬어보고 싶다. 에라, 모르겠다. 책임질 사람도 없는데 뭐 어때. 주로 3~5년차에 찾아오는 전형적인 오춘기다.

나 역시 5년차에 사표를 던졌으며, 수많은 후배들이 그즈음에 사표를 냈다. 월급보다 내가 중요했다. 잡아도 소용없었다.

하지만 역시 마지막 보루의 힘은 세다. 결혼한 여자 후배들을 제외하곤, 나를 포함해 모두가 몇 달 안에 쳇바퀴 안으로 컴백했다. 더 웃긴 건, 돌아온 후배들이 더 거세게 쳇바퀴를 돌린다는 사실이다. 맨몸으로 총알을 맞아봤으니까, 낭떠러지 코앞까지 가봤으니까, 책임질 타인은 없어도 스스로는 책임져야 한다는 걸 알게 됐으니까. 마지막 보루가, 일말의 안도감이 얼마나 필요한지 깨달은 것이다.

그래서 그맘때 후배들에게는 차라리 일을 잠깐 쉬어보는 것도 좋다고 말하는 편이다. 1년 이내로 말이다. 30대 중반이 넘어가면 경력 단절이 곧 사회생활 실패가 되지만 초반까지는 괜찮다. 아직 연봉이 그리 높지도 않아, 적당히 타협만 하면 돌아올 회사는 많다. 그 나이 때의 방황까지는 너그럽게 봐주기도 한다. 그리고 장담컨대, 남은 평생 수개월을 푹 쉴 수 있는 기회는 분명히 마지막이다.

최근에도 더 이상은 못 살겠다며 학을 떼며 사표를 냈던 후배들이 2~3개월 만에 더 강력해진 몸과 마음으로 돌아오는 사례를 봤다. 아예 업계 밖으로 떨어져 나가거나, 이상하게 버티다 관리자급이 돼야 할 10년차가 돼서야 미쳐버리는 것보단 훨씬 나은 선택이다.

밖에도 별거 없다는 사실을 체험하고 돌아오는 건 너무나 슬픈 일이지만, 보루를 지키는 원동력은 된다. 밖으로 나가고픈 유혹은 남보다 거세지만, 그렇다고 막막한 미래를 오롯이 감당하기 어렵긴 매한가지다. 어쩔 수 없다. 스스로를 먹여 살려야 하는 '혼자'들의 숙명이다.

신입사원으로 돌아가고 싶다

어쩌다 휴대폰에 싸이월드 앱을 깔았더니, 아침마다 주황색 불빛이 깜빡이며 몇 년 전 오늘, 내가 썼던 미니홈피 다이어리를 배달해준다. 2008년 ×월 ×일. 나는 꽤 길게 내 현실을 한탄하고 있었다. 그날 하루 동안 진통제를 일곱 알이나 먹으며 일했는데 아무도 알아주지 않는다는 푸념이었다.

진통제를 일곱 알이나 먹는다는 게 제정신으로 가능한 일인지는 모르겠지만, 그당시의 나는 꽤나 고통스러웠던가 보다. 하지만 왜? 사람들이 나한테 관심을 안 가져줘서?

지금은 무엇보다 일이 우선이고 피도 눈물도 별로 없을 것 같은 선배 취급을 받고 있지만(왜인지는 모른다), 사실 사회 초년생 땐 누구보다 철없고 게을렀다. 당시 일기를 보면 내가 나 같은 후배를 안 받은 게 얼마나 다행인지 모른다. 나는 이 일을 그 누구보다 경멸했으며, 적성에 안 맞는다고 투덜댔으며, 언제든 그만둘 준비가 돼 있다고 목에 힘을 줬다. 선배들 눈에 얼마나 한심해 보였을지, 새삼 선배들에게 죄송한 마음이다.

그래, 나는 어느새 내게 별 관심도 없던 선배들을 미워하는 대신 죄송하다고 느끼는 사회인이 돼 버렸다. 정말 아찔한 순간은 나도 모르게 이딴 소리를 하고 자빠진 걸 목격할 때다.

"얘들아, 이건 아무것도 아니야. 내가 신입일 때는 말이야."

내가, 말도 참 안 듣던 내가 이런 말을 진짜 하고 있다. 조그만 일에도 힘들어 죽겠다는 표정을 짓는 후배를 보거나 별것도 아닌 일에 전전긍긍하는 후배를 볼 때면 꼭 박살을 내줘야 분이 풀렸다.

"야, 내가 네 연차 땐 주6일 밤 11시 퇴근이었어."

"야, 예전 가요 매니저들이 얼마나 무서웠는지 아니."

"너, 지금 내 앞에서 맥주가 술이라고 하는 거야?"

"난 예전에 새벽 6시까지 마시고 7시에 출근했어."

진짜 웃긴 건, 난 지금의 후배들보다 더 골 때리는 후배였다는 사실이다. 어떤 선배는 "내 37년 인생에서 너같이 이상한 애는 처음이다"는 말도 했었다. 그 당시의 나는 회사를 진심으로 싫어했으며, 개고생을 강요하는 선배들을 죽이고 싶어 했으며,

그럼에도 번듯한 삶을 위해선 명함 하나는 가져야 하는 현실에 분개했으며, 틈만 나면 블로그를 켜서 세상에, 회사에, 나 자신에 쌍욕을 퍼부었다.

내가 그 누구보다 삐딱한 신입 시절을 보낸 건 아마도 잘못된 신념 때문이었을 것이다. 나는 절대 '선배'가 되지 않으리라는 이상한 믿음. 나는 이렇게 금방 10년차 기자가 될 거라 예상하지 못했고, 신입사원들에게 "요즘 애들 문제야"라고 말하는 순간은 절대 오지 않으리라 믿었다.

그냥 선배가 된 것도 아니다. 오히려 더 악독한 선배가 됐는지도 모른다. 삐딱한 생활도 해본 사람이 잘 안다고, 후배들의 아주 작은 삐딱 포인트도 기가 막히게 잡아내는 선배가 되었다. 너, 지금 아닌 척하면서 속으로 나 씹고 있는 거 다 알거든. 너, 지금 아닌 척하면서 나 골려주려고 일부러 실수한 거지. 똑바로 말해! 나도 다 해봤어! 마치, 고문을 당해본 사람이 기가 막힌 고문전문가가 되는 것처럼, 난 그런 지랄맞은 선배가 됐다.

그럼 좀 편해졌냐고? 전혀. 신입 때보다 120배는 더 힘들다. 신입이 힘든 건 세상이 다 알아주지만, 선배가 힘든 건 알아주는 사람도 없다. 외로워서 더 힘들다.

신입이었을 땐, 후배였을 땐, 내가 세상에서 제일 힘든 줄 알았다. 도대체 전후사정이 뭔지도 모르겠는데 우왕좌왕 미션이 떨어졌고, 이 선배와 저 선배가 시키는 게 다 달라서 어느 장단에 맞춰야 할지 몰랐으며, 무엇보다 몸이 너무 피곤했다. 그래서 선배가 되면, 하루 종일 뛰어도 알아낼까 말까 하는 걸 전화 한 통으로 알아내는 선배가 되면, 우왕좌왕이긴 해도 이 미션이 어떤 사정으로 인해 생겨나는지 아는 선배가 되면, 손짓 하나로 후배들을 딱 부려먹는 선배가 되면, 그래도 세상 살 만하지 않을까 하는 희망도 품었다.

그런데 그게 아니었다. 이해 안 되는 상황은 여전히 이해가 되지 않았고, 후배일 땐 미처 있는지도 몰랐던 거대 미션들이 생겼고, 손짓 하나로 후배를 부려 먹어봤자 뒤돌아서 후배가 어떤 표정을 짓는지 죄다 보였다. 더구나 후배한테 시키는 일이라는 게, 선배 좋자고 시키는 것도 아니었다. 어느 장단에 맞춰야 할지 모르는 건 차라리 나았다. 더 강한 장단이 되지 않으면 개망신을 당하는 상황이 되는 것보단. 몸이 아픈 건 약이라도 있지, 머리가 아픈 건 방법도 없었다.

외롭고, 복잡하고, 벗어날 길도 없는 고난의 연속이었다. 선배가 된다는 건, 절대 행복하지 않았다. 그래서, 신입 사원의 고충으로만 책을 두 권 쓴 나조차도 이런 말을 읊조리게 된다.

“신입으로 돌아가고 싶다.”

그때가 좋았다. 시키는 것만 열심히 하면 됐으니까. 나와 똑같이 어리바리한 동기도 있었으니까. 얄밉지만 어쨌든 신입 시절을 겪어본 선배들이 있었으니까.

이젠 시키는 것만 하다간 바보가 되기 십상이고, 동기들은 너무 잘나가거나 아예 업계 밖으로 사라졌으며, 후배들은 죽었다 깨나도 내 고민을 이해할 수 없을 것이며(고민이 있다고 생각도 하지 않겠지), 선배들은 높은 자리에 올라갈수록 타인의 고통에 공감하는 능력이 현저히 떨어진다. ‘혼자’가 별건가. 이것이야말로 완연한 ‘혼자’다.

후배들에겐 윗사람, 선배들에겐 아직 쬐끄만 사람으로 인식돼, 이도 저도 아닌 그저 낀 사람이 돼서 회사에서 나부끼다보면 잠 안 자고 밥 못 챙겨먹고 일에 쫓겨 다니던 신입 시절이 그렇게 그리울 수가 없다. 그렇다고 내가 지금 잠을 실컷 자고 밥을 다 챙겨먹을 수 있는 것도 아닌데 말이다.

난 아직 ‘꼰대’가 아니라며 후배들과 친해지려 노력하는 것까진 좋다. 하지만 후배들과의 친근함은 어느새 ‘함께 회사를 씹는’ 행위로 넘어가고, 결국 후배들의 불만을 총합해 위로 전달하는 역할은 내 몫으로 떨어진다.

난 이제 임원에 가까워졌다며 선배들과 태도를 같이 하는 것까지는 좋다. 하지만 선배들과의 친근함은 어느새 '함께 후배를 씹는' 행위로 넘어가고, 결국 선배들을 대신해 사사로운 잔소리를 하는 역할은 내 몫이 된다.

이러나저러나 난 악역을 대신 해주는 사람이 될 뿐이다. 그냥 혼자가 편한 연차. 회사마다 몇 년차에 찾아오느냐는 다 다르겠지만, 어느 회사든 한 번씩은 오는 위기다.

그래서 조금 일찍 외롭든, 지금이 생애 제일 힘든 시기 같든, 그 느낌에 너무 함몰되지 않는 편이 낫다. 아무리 성공적인 회사생활을 한다 해도 어차피 언제 한번은 진짜 혼자인 순간이 올 것이며, 제일 힘든 시기는 앞으로도 꽤 자주 갱신될 것이기 때문이다.

《방법》

행복한
직장인
되기

방황 연금 마련하기

내 주위만 유독 지랄맞은 건지 모르겠는데, "잘 지내?"라는 질문에 "응!"이라고 답하는 사람이 별로 없다. 직장인이라면 특히 더 그렇다. "별로"부터 "죽지 못해 산다"까지, 부정적인 반응 일색이다. 그냥 그럭저럭 산다는 답변 정도면, 삶의 만족도가 매우 상위권에 든다.

안간힘을 다해 버티고 용써봤자 툭 부러지는 순간이 찾아온다. 내 몸 안에 흘러넘친 코티솔에 익사할 것 같을 때. 어느 날 갑자기 별 계기도 없이 스위치는 켜진다. 방황 모드 ON.

앞뒤 안 재고 사표를 던지고 훌쩍 떠난다지만, 사실 진짜 앞뒤를 안 재긴 어렵다. 우린 스스로 챙기지 않으면 굶어죽는 '혼자'니까. 그래서 그나마 이성의 끈을 잡고 있을 때, 방황을 대비해야 한다.

방황에 대비하는 방법, 별거 없다. 이성이 다시 작동할 때까지 동사하거나 아사하지 않을 자금, 고독사에 대한 공포로 덜덜 떨지 않고 심신을 추스릴 만한 예산을 미리 확보하면 된다.

좀 어렵긴 하다. 그러나 월세 낼 걱정에 취업사이트를 새로 고침하고, 밥값을 아끼기 위해 친구들조차 못 만난다면, 그 방황은 하나마나다. 그럴 바엔 회사에서 "죽지 못해 사는" 게 낫다. 방황 모드에서 필요한 건 기존 삶의 질을 80퍼센트 이상 유지하면서 일을 하지 않고, 나 스스로를 오롯이 들여다보는 시간이다. 상사의 명령에서 벗어난 나, 매일 아침 알람소리에 깨지 않는 나, 실적 걱정을 집어치운 내가 무엇을 원하고 어떻게 생각하는지를 세심하게 관찰해야 한다.

명함이 없는 나는 의외의 면을 많이 갖고 있다. 며칠만 혼자 있어도 사람이 그리워 여기저기 전화를 거는 사회형 인간일 수도, 해질 무렵 동네 한 바퀴를 돈 것만으로도 한동안 기분이 좋은 낭만형 인간일 수도 있다. 사회에서 고립될까봐 전전긍긍했는데 오히려 몇 달간 집에만 처박혀서 멀쩡히 살 수 있는 인간일 수도, 모든 의욕이 증발된 번아웃 상태인 줄 알았는데 오히려 사소한 내기에도 불을 내뿜는 승부 근성 충만한 인간일 수도 있다.

경제난에 허덕이지 않고, 당장 내일을 고민하지 않고, 어떤 목표에 자신을 끼워맞추지 않아야 진짜 나라는 사람이 보인다.

이 방황의 기간에는 내가 나에게 월급을 줘야 한다. 내 자신을 들여다보기에도 바쁘니까, 끼니 걱정까지 하게 해서는 안 된다. 기간은 6개월~1년쯤이 좋다. 학위를 딸 것도 아닌데 1년 이상 경력이 단절되는 건 무리수고, 두세 달 휴식은 쉬는 것도 아니다. 잠을 좀 푹 자고 돌아온 정도라고 보는 게 맞다.

그래서 1년치 연봉은 마련해두는 게 맘이 편하다. 빠듯한 월급에 저축도 할까 말까인데 방황할 돈까지 따로 마련하라니 이 무슨 미친 짓이냐 싶겠지만, 이 난세에 방황도 미친놈만이 할 수 있다.

연봉까지 무리라면 최소한의 비용을 뽑아보자. 1년치 월세. 고기반찬이 다량 포함된 식비. 휴대폰과 인터넷 요금. 아주 가끔 충동적으로 지를 의상비. 화장품, 커피값 등 최소한의 품위 유지비. 이 정도만 계산해서 따로 통장에 모셔두면 그렇게 든든할 수가 없다. 그래도 큰 사고 안 치고 착실하게 살았는데, 1년 후면 뭐가 됐든 답이 나오지 않을까 긍정적으로 생각해도 된다.

실제 사표를 안 쓰고 저 돈을 품고 방황을 시뮬레이션하는 것만으로도 가끔은 삶이 나아지는 기분이다. 이리저리 까이고 채이고 뭉개져서 집에 들어오는 날이면, 통장을 들여다보고 이렇게 생각한다(이 계좌만큼은 손에 쥘 수 있는 종이 통장을 만들어두는 게 좋다). 그래, 까짓 그만둔다, 내가!

시뮬레이션은 신난다. 제일 먼저 휴대폰 알람을 꺼본다. 오전 6시에 맞춰놓은 알람의 해제 버튼을 누르는 것만으로도 뒷목에 피가 도는 기분이다.

그리고 3일 이상 스케줄표가 텅 비는 것을 상상한다. 휴대폰을 꺼놔도 되고 인터넷을 들여다볼 필요도 없다. 혹은 스마트폰 게임만 하거나 인터넷 유머만 들여다봐도 된다. 물론 그보다 더 좋은 건 신나게 잠만 잘 수도 있다는 점이다.

이게 얼마나 좋은 것인지는 내가 실제 해봐서 안다. 며칠 후 컴백해야 하는 상황인 휴가 때 바짝 자는 것과는 또 다르다. 내 심연까지 잠드는 기분이랄까.

처음 사표를 내고 일주일 정도 푹 잤을 때 나는 허리 사이즈가 이전보다 확연히 줄어 있는 것을 확인했다. 아무리 잠이 좋아도 끼니때마다 꼬박꼬박 일어나서 잘 챙겨먹었으니 살이 빠질 리가 없는데, 이상했다. 그러고 보니 얼굴에 붓기도 사라졌다. 머리를 감고 나서 하수구에 수북이 쌓이던 모발 수도 줄었다. 세수도 잘 안 했는데 모공이 작아졌다. 편하게 충분히 자고 나니, 내 몸이 정상으로 돌아왔다. 회사에 꾸역꾸역 다니는 동안 내가 얼마나 비정상적으로 붓고 살이 찌고 머리가 빠지고 피지가 분비됐는지 내 눈으로 확인했다.

내 몸이 정상으로 돌아가 다시 건강해진다고 상상하는 것은 무지 즐겁다. 그러면 하고픈 일도 마구 생긴다. 방황 연금이 아닌 다른 적금을 깨서 해외여행도 한번 가주는 게 좋겠다. '이제 뭐 먹고 살려고 그러니'라는 주위 사람들의 오지랖에서 탈출해, 내가 한국이라는 '작은' 나라에서 얼마나 아등바등 살았는지 깨닫는 시간이 된다. 1년치 방황 연금이 준비되어 있는데 좀 비싼 해외여행이면 어떤가.

그동안 하고 싶었던 잉여행동을 체계적으로 해볼 수도 있다. 영화 500편 보기. 책 100권 읽기. 자전거로 서울 한 바퀴 돌기. 삼국 요리 배우기. 못할 게 뭐 있겠어. 시간과 돈과 건강한 몸이 있는데. 회사를 그만두고 남아도는 시간에 할 일을 뽑는 것만으로도 아드레날린이 팍팍 분비되며 입꼬리가 귀에 걸린다. 리스트를 써내려가다 보면 1년도 모자라게 느껴진다.

그리고 어떤 진상이 내 인생에서 완벽하게 사라질 것인지도 그려본다. 우리에게는 월급 하나 때문에 어쩔 수 없이 각자의 인생으로 들여보내준 진상들이 하나 이상씩은 있다. 없으면 진짜 복받은 인생이다. 이제 그 진상의 얼굴을 볼 필요도, 전화를 받을 필요도 없다. 그 인간의 눈치를 보면서 잔뜩 쪼그라드는 내 자존감을 목도하거나, 그 인간을 죽이게 될까봐 참을 인 자를 써내려가야 하는 순간도 없다. 완벽한 '아웃'이다. 물론 1년 안에 완전히 다른 답을 구하지 못하면 다시 같은 업계에서 얼굴을 봐야 할 일도 있겠지만, 딱 1년이다. 그 정도만 돼도 진짜 해방이다.

진상에게서 벗어나는 건 단순히 짜증이 덜 나는 일이 아니다. 그 별거 아닌 인간한테 불평 한마디 할 수 없었던 나에 대한 혐오를 이겨내는 일이고, 그 인간한테 받은 스트레스를 엉뚱하게 풀었던 주위 사람들과의 관계를 회복하는 일이며, 그 사람을 미워하느라 미처 에너지를 쏟지 못했던 진짜 '내 일'에 대한 고찰을 심도 있게 해볼 수 있는 기회다. 대부분의 사표가 진상 때문에 발생하는 현실을 감안하면 이는 꽤 중요한 어드밴티지이다.

나는 상상만 해도, 일단 깔깔 웃고 신나서 침대 위로 뛰어올라 숙면을 취할 에너지를 받았던 것 같다. 현실이 되지 않는다 해도, 현실이 될 수 있는 능력이 내게 있으니까. 내게는 1년여의 비상식량이 있으니까. 상상을 만끽하는 것도 자격을 갖춘 사람한테만 허용되는 거다. 이 방황연금이 없다면, 이 달콤한 상상에 앞서 '회사 관두면 당장 뭐 먹고 사나'를 걱정하느라 기분이 더 나빠질 테니까.

실제 방황을 위해서, 아님 방황을 실컷 상상이라도 하기 위해서, 이 자금은 반드시 필요하다. 사표를 가슴에 품고 사는 직장인이라면.

혼자서 맞이하는 노후

○

이 주제만큼은 피하고 싶었다. 혼자서도 멋지게, 신나게 잘 살 수 있다며 책까지 쓰고 있는 나조차도, 이 질문에 맞닥뜨리면 앞이 캄캄하다.

실제 나의 노후는 캄캄하다. 모아놓은 돈으로는 집 한 채는커녕 화장실 한 칸도 장만을 못하는데, 내가 회사에서 정년을 채울 가능성은 제로에 수렴한다. 아직 중년도 안 됐는데 온 몸 구석구석이 고장 나기 시작하고, 성격은 점차 고약해져, 있던 친구들도 떠나갈 판이다.

쓰고 보니 진짜 무섭다. 피하고 싶다. 이 얘기는 그냥 저 멀리 치워버리고, 예능 프로그램이나 하나 틀어놓고 깔깔거리고 싶다. 어떤 것에 대해 걱정을 하지 않으면, 마치 그것이 자동으로 사라지는 듯한 느낌도 든다. 방금 화장실에서 본 거미처럼 말이다. 화장실 문을 닫고 하룻밤만 볼일을 잘 참으면, 거미는 애초에 존재하지도 않았다고 믿을 수 있다.

그러나 거미는 늘 그 자리에 있다. 내가 보지 않는 것뿐이다. 큰맘 먹고 들여다봐야 할 순간은 반드시 온다.

내 노후로 돌아오자. 사실 복잡한 문제도 아니다. 답은 단 하나다. 돈이다. 믿을 건 돈뿐이다. 친구도, 건강도, 열정도, 사실 돈이 있어야 유지된다. 돈에 급급해서 사는 건 구차하지만, 돈 들어오는 길을 틀어막고 살 필요는 없다. 그 정도 길은 하나쯤 마련하고 수시로 마중을 나갈 필요는 있다. 지금 내가 가진 자산을 돈으로 바꿀 만한 아이디어는 없나, 늘 궁리한다.

희한하게도 돈은 돈 생각을 하는 사람에게 몰린다. 나도 평생을 멍 때리다, 최근에야 이를 깨달았다. 똑같은 직장인이어도, 돈을 다루는 스킬은 모두가 달랐다. 경매를 배워서 30대 초반에 집만 여덟 채 가진 남자도 봤고, 부동산을 배워서 30대 중반에 지방 어딘가 땅을 몇 만 평 소유한 여자도 봤다. 이들은 그냥 나와 같은 평범한 직장인이었다.

나도 돈을 벌겠다며 각종 아이디어를 내봤다. 주식, 편의점 경영, 네일 아트 등을 배우겠다고 선언했으나, 주위에선 쓰던 책이나 빨리 마감하라고 했다. 경험자들의 얘기를 들어보면 무작

정 덤빌 만큼 쉬운 건 전혀 없었다. 역시나 새롭게 뭔가를 배우기보단, 자신이 좋아하는 일의 연장선상에서 찾는 게 그나마 제일 나았다.

내 동생은 틈만 나면 캘리그라피를 써서 인스타그램에 올린다. 어떤 홍보녀는 한동안 팔찌를 만들더니 요즘엔 꽃꽂이에 빠졌다. 매우 자주 바뀌는 그녀들의 취미는, 어찌됐든 제2의 직업이 될 만한 것들이다.

기자들이 가장 선호하는 제2의 직업은, 파워 블로거다. 기사도 쓰는데 블로그 포스트라고 못 쓰겠느냐며 나도 도전했었다. 어떤 주제가 좋을까 고민하다가, 일기부터 쓰기로 했다. 그런데 그 일기가 모 아이돌 팬클럽의 심기를 건드려 오픈과 동시에 폭격을 맞았다(오빠들의 신성한 콘서트장에서 공연 도중 빵을 먹었기 때문이다ㅠ). 그래서 연예 분야는 안 되겠다며 접었다.

그렇다면 다음 주제는? 기자가 출입처 다음으로 열심히 가는 곳, 바로 맛집이었다. 맛집 포스트는 사진이 관건이다. 100만 원짜리 디카를 냅다 질렀다. 그리고 몇 군데서 사진을 찍어 올렸는데, "정말 맛없어 보인다"는 댓글이 쭉 달렸다. 나도 인정할 수밖에 없었다. 나름 서울 3대 맛집인데, 피난길에 퍼먹는 돼지죽 같아 보였다. 결국 블로그는 몇 달째 방치되었다. 디카는 침대 밑에 처박히는 신세가 되었다.

포기는 빠르지만, 내 직업을 늘리는 건 포기하지 않고 있다.

작사를 하겠다며 온갖 기획사 MR들을 싹 쓸어와 노랫말을 붙이고 고래고래 불러대 옆집 사람들을 잠 못 들게 하는가 하면, 유투브 스타가 되겠다며 기획 아이템 회의만 몇날 며칠 하기도 했다. 이 역시 아무나 하는 게 아니라는 결론에 도달했지만.

매번 '이 산이 아닌가봐' 하고 돌아올 땐 좀 씁쓸하긴 하지만, 퇴직 후 굶어죽으면 어떡하나 벌써부터 걱정에 사로잡히지만, 그래도 그 덕분에 조금 더 성실하고 버라이어티하게 산다고, 스스로 위로도 해본다.

노후를 대비할 때, 돈과 직업 다음으로, 어쩌면 그와 비등하게 중요한 건 바로 사람이다. 이 부분은 그래도 아주 조금은 마음이 놓이는 주제다. 어차피 '혼자'들이 늘 테니까, 마음을 조금만 열면 그리 외롭진 않을 거다. 이혼율이 이렇게나 높은데, 돌싱도 꽤나 많을 테다. 조금 더 마음을 열고 가정을 이룬 사람들과도 친구가 되지 말란 법은 없다.

그래도 역시 혼자의 마음은 혼자가 제일 잘 안다. 서로 동등하게 시간을 투자할 수 있고, 관심사도 동일하며, 미래에 대한 불안을 함께 나눌 수 있다. 그래서 혼자들에겐 비범한 능력이 하나 생긴다. 자신처럼 혼자인 사람을 찾아내는 능력. 마치 생존본능처럼, 여러 무리의 사람들 중에서 내 친구가 될 만한 혼자를 기가 막히게 구별해낸다.

나에게도 독거인들의 모임이 있다. 일부러 그렇게 모인 건 아닌데, 모두가 연애 문제를 갖고 있고, 필요 이상으로 일에 매달리며, 혼자 있는 시간을 즐기는 사람들이다. 매우 오랫동안 결혼을 못할 것 같은 사람들이 모인 셈인데, 여기저기서 각자 흩어져 놀다가도 '우리 과'인 사람을 발견하면 즉각 모임에 데리고 나온다. 우리의 '독거후계자'를 발견했다는 기쁨을 표하며.

우리 종족으로 판명나면, 돕고 또 돕고 도움의 손길이 마구간다. 그 마음, 누구보다 잘 아니까. 한 명이라도 더 잘사는 혼자가 주위에 있으면 힘이 된다. 이타적일지, 이기적일지 모를 의도로, 어찌됐든 서로 돕고 즐겁게 사는 방법을 모색한다.

노후는 덜 고독할 수 있어도, 고독하지 않을 순 없다. 돈이 있고, 친구가 있다 해도 노후는 고독하기 마련이다. 노후가 적성에 맞는 매우 극소수를 제외하곤 대체로 그러하다.

늙는다는 것 자체가 우울한 일이기 때문이다. 이미 수백억 원을 벌어들인 한 사업가도 이같이 말했다.

"다시 젊어질 수 있다면, 진짜, 난 1초도 망설이지 않고 내 전 재산 내놓을 거야."

그분에 비하면 전 재산이 개미 똥구멍만큼도 없는 나 역시도 비슷한 생각을 갖고 있다. 다시 스무 살로 돌아갈 수 있다면, 진짜 영혼이라도 내다팔 텐데. 정작 스무 살의 나는 짝사랑에 제정신을 내려놓고 1000원짜리 고추 김밥으로 허기를 달랬지만 말이다. 그때는 정말 내가 평생 '젊은' 사람일 줄 알고, 아무 생각 없이 살았다. 하루 종일 한 일이라곤 책상 정리뿐일 때가 비일비재했고, 친구의 연애담을 들어주는 데 하루의 일과의 대부분을 쓰기도 했다. '도서관에 가야지'라고 마음먹는데 2시간이 걸리고, 2초만에 취소하는 일도 많았다. 가슴 뛰는 영화 한 편을 보면 수업도 '자체 휴강'해버렸다. 나는 늘 젊을 텐데, 하루하루가 뭐 그리 소중하겠나. 지금 생각해보면, 그래서 행복했던 것 같기도 하다.

바꿔 말하면, 지금의 나는 하루하루가 '너무' 소중해서 불행하다. 젊은 날이 얼마 남지 않았고, 노후가 코앞에 닥쳐온다 생각하면, 어느 하나 이뤄내지 못한 오늘이 남은 내 인생 전체를 망쳐버린 것 같은 생각이 든다. 달력이라도 들여다보게 되면, 벌써 1년이 이것밖에 남지 않았나 엉덩이가 들썩인다.

이쯤 되면, 불안감이 지금의 행복을 잡아먹는 셈이다. 돈 벌 궁리를 쉬지 않고, 독거후계자를 잘 찾아내는 수준에서 더 나아가 '나 늙었어. 어쩌지'라는 생각까지 뻗어나간다면, 그건 노후가 아니라 지금의 내 정신을 걱정해야 한다는 신호다.

사실, 돈 벌 궁리나 독거후계자 찾기도 노후에 큰 도움이 될지 안 될지 모른다. 우리가 '노인'이 됐을 때 한국 사회가 어떨지 아무도 모르는 것 아닌가. 딱 까놓고 말해서 이 험난한 세상에 우리 모두 '노인'이 된다는 보장도 없다.

가끔은 그런 생각도 한다. 가장 효율적인 노후 대책은, '난 안 늙는다'고 생각하는 것이라고. 난 평생 젊을 거라는 착각이다. 그래서 미리 불안해하지 않고, 쓸데없이 걱정만 하지 말고, 하루하루 즐겁게 살다보면 또 나름의 노후가 펼쳐질지도 모른다. 즐겁게 사는 사람 눈에만 보이는 성공의 기회도 분명 있다. 당장 라스베이거스로 달려가서 재산을 탕진하라는 건 아니지만, 그렇다고 노후 걱정만 하면서 당장의 젊음을 내다버리는 것도 바보 같은 일이다.

미리 걱정해서 돈이나 많이 모을 수 있는 사회라면 또 모를까. 그것도 아니니 말이다.

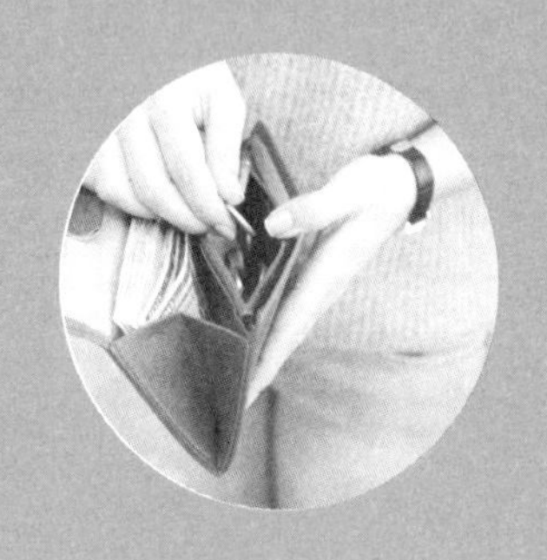

제대로 사치하기

○

사치는 반드시 겪어봐야 면역이 생긴다는 점에서 바이러스와 같다.

어렴풋이 예상만 하면 절대 알 수가 없다. 돈을 낭비하면 어떤 일이 생길 것이며, 그 일은 또 연쇄적으로 어떤 일을 초래하는지 말이다. 밥값을 좀 줄여야 할 것이고, 택시 대신 버스를 기다릴 것이며, 화장품은 '저렴이'로 바꿔야겠지. 말은 쉽게 하지만 그 고통은 안 겪어본 이상 절대 모를 일이다.

혼자인 사람이 경제관념을 잘 갖추기란 꽤 어렵다. 숫자 개념이 특별히 약하지 않아도 과한 지출을 할 가능성이 매우 높은 상황에 처하게 된다.

우선 돈 나갈 일이 참 많다. 작게는 샴푸, 린스부터 크게는

TV, 침대까지 소비의 기준을 내가 세우고 내 지갑 내가 열어 지출을 하게 된다. 매달 빠져나가는 인터넷, IPTV 요금부터 수도요금, 전기요금까지 내 월급에서 반드시 떼어놔야 할 고정 지출의 크기도 만만치 않은데다 옷을 빌려줄 형제자매라거나 두 팔에 한아름 통닭을 사들고 들어올 부모님도 없다는 점에서 내가 입고 먹는 게 모두 오롯이 내 지출이 된다.

안 써도 될 돈을 쓰는 일도 많다. 우리는 부모님이나 형제자매가 던져주는 잔소리의 위력을 과소평가하는 경향이 있다. 그들이 "그만 좀 사", "정신 차려"라고 일갈해주는 것은, 우리의 스트레스 지수를 높일지언정, 실제로 미친 짓을 하지 않게 하는 효과가 아주 조금은 있다. 그래서 등짝을 지나 엉덩이까지 보이는 백리스 드레스를 해외 직구하거나, 한 번 쓰고는 절대 다시 꺼내보지 않을 운동기구를 충동구매하는 것을 막아줄 수 있다. 내가 시킨 그 무수한 홈쇼핑 상품들이 집에 도착하자마자 엄마의 "당장 반품해" 소리와 함께 명멸한 것도, 친구들 앞에서 자신 있게 신용카드를 찍 긁는 기쁨 정도는 선사해준 게 맞다.

누군가의 잔소리로부터 해방이 되는 혼자가 되면 가장 먼저 지출의 폭이 미친년 널뛰듯 뛰게 된다. 기분이 좋다고, 기분이 나쁘다고, 기분이 어떤지 모르겠다고 우리는 카드를 긁어대고 또 살 게 없나 두리번거린다. 동생과 수다를 떨면서 근심거리를 잊거나, 엄마의 따뜻한 밥을 먹으면서 조금이나마 힘을 내는 일이 불가능하기 때문이다.

쇼핑은 스트레스를 해소하는 매우 좋은 방법임에 틀림없으나, 당장 내일의 경제 사정이 불안한 싱글들에게는 해소된 스트레스가 더 큰 스트레스로 치환되는 시간이 그리 길지 않다. 월세 내고 나면? 관리비 내고 나면? 생활비 빼고 나면? 또 마이너스인가? 조금은 남을까? 가계부라도 쓰지 않는 이상 계산은 빨리빨리 되지 않고, 늘 '이번 달은 뭔가 쪼들릴 거 같아'라는 불안감 속에 월급날까지 버틴다.

그 불안감은 마음속에서 눈덩이처럼 커져서 이대로 가다가는 돈 한 푼 못 모은 가난뱅이 싱글 신세가 될 것 같은 불길한 예감으로 발전하고, 이는 핸드백 하나 사고는 이 세상 다 가진 것처럼 행복해하던 나 자신에 대한 혐오감으로 나아가게 마련이다. 그러면 나 하나 행복하자고 저질렀던 쇼핑이 내 행복을 좀 먹는 가장 큰 이유가 되는 아이러니가 발생하게 된다.

내 주위에는 혼자 살지만 돈 천 원까지 알뜰하게 모아서 지금

이 시대에 (그래, 이 시대에!) 평수까지 넓혀 이사 가는 인간도 있긴 하지만 대부분은 아마도 나와 비슷할 것이다. 이번 달 월급이 얼마 남았는지는 문자에 찍힌 통장 잔액을 봐야 기억을 해내고, 199,000원은 진짜 10만 원대라고 믿는 사람들 말이다.

우리 같은 사람들은 내가 얼마를 낭비하고 있는지 정확히 계산해내지도 못하면서, 막연히 돈을 펑펑 쓰고 있다고 근심 걱정한다. 그리고 사실 반전은 없다. 실제로 돈을 펑펑 쓰고 제대로 모으지 못한다. 그렇다고 성격에도 안 맞는 영수증 기록하기 등을 시도할 수도 없는 노릇이다. 나라고 시도를 안 해봤겠는가, 다 해봤다.

그래서 내가 내린 결론은 사치를 제대로 한번 해보라는 거다. 생고생을 한번 해보라는 거다. 제대로 망하는 게 이런 거구나, 돈을 막 쓰다간 이렇게까지 될 수 있구나 직접 겪어보는 게 영수증 100장 모으는 것보다 낫다.

나는 일본 출장에 갔다가 제대로 탕진하고 온 적이 있다. 일단 지폐 단위가 엔으로 바뀌니, 이게 얼마나 비싼지 아무 감이 없었고(두 자릿수를 어떻게 곱한단 말인가) 한국에 가면 이 옷을 왠지 살 수가 없을 것 같아 불안했고(사실 한국에도 다 있는 브랜드였건만) 지난 몇 달간 쇼핑을 하지 않았으니(인터넷 쇼핑은 논외로 한다) 눈에 띄는 걸 모조리 사들일 준비가 돼 있었다.

그래서 월급에 맞먹는 코트를 하나 떡하니 사고는, 지갑도 사고 셔츠도 사고 화장품도 샀다. 그리고 언젠가 아프지 않겠어, 기대까지 하면서 각종 파스와 위장약, 정로환까지 잔뜩 샀으며, 우리 집 강아지에게 주겠다며 수제 쿠키에 인형(알고 보니 메이드 인 차이나)까지 샀다. 압권은, 프랑프랑에서 사온 침대용 전자시계였는데, 한국에 와서야 전깃줄 끝에 달린 콘센트가 110볼트용이란 걸 알았다.

곧바로 빈털터리가 됐다. 월급날이 지난 지 겨우 일주일밖에 안 됐는데, 바꿔간 현금은 동전 하나 남고 사라진데다, 이래저래 남은 돈은 보험과 적금에서 빼가니 사실상 0원이 됐다. 신용카드 대금은 고스란히 다음 달로 넘어간 상태였다. 버스비가 없어서 10개월 부은 적금을 해약하는 심정이 무엇인지 나는 그제야 알게 됐다. 이전에 느꼈던 막연한 불안감과는 완전히 다른, 온몸에 쏟아지는 궁핍이었다.

바닥을 치자, 경제관념이 조금 생기기 시작했다. 여전히 두 자릿수 곱하기는 안 되지만, 월급에서 이 정도 뭉텅이가 빠져나가고 나면, 다음 뭉텅이는 어느 정도 크기여야 적금은 해약하지 않아도 되는지 감이 잡혔다. 이 정도 물건이면, 몇 번 더 고민하고 구매해야 침대 밑에 처박아 두진 않을 것인지 아주 조금은 알 것도 같았다.

그리고 그런 뭉텅이를 최소화하기 위해 적금이라는 장치로 애초에 여윳돈을 없애는 게 과소비를 막는 지름길이라는 것도 알게 됐다. 물론 부작용은 있었다. 한번은 너무나 절약에 대한 열망으로 가득 찬 나머지, 딱 30만 원만 남기고 몽땅 다 적금에 들어가도록 해둔 것이다. 나는 보름도 못 버티고 적금을 깨면서, 한 번에 들어온 돈을 '공돈'이라 여기고 또 탕진하고 말았다. 이후론 적금도 '적당히' 들어둔다.

인생은 길다. 한번 제대로 질러보는 게, 그래서 막연하게 느끼는 게 아니라 '진짜' 뼈저리게 후회해보는 게 어쩌면 진짜 절약 습관을 갖게 되는 지름길일지도 모른다.

인생은 짧다. 내가 번 돈, '에라이 모르겠다' 하고 써보는 것도 진짜 한번쯤은 괜찮다. 더 큰 걸 배울 테니까.

워커홀릭이 뭐가 나빠

○

할리우드의 가족 영화, 혹은 로맨틱 코미디 속 주적은 늘 워커홀릭들이다. 일밖에 모르는 가장, 일이 삶의 전부인 커리어우먼, 일 좀 한답시고 성격 더러운 인간들이 이런저런 에피소드를 통해 회개하고 '사람'의 중요성을 깨닫는 내용의 영화가 즐비하다.

실로 낭만적인 영화들이 아닐 수 없다. 사실 지금 한국에서 이 영화를 보여줬다간 다음과 같은 반응을 얻기 쉽다.

"아빠. 아빠는 저렇게 나랑 놀아주다가 평생 노는 수가 있어요."

"자기야, 네가 여성스러운 건 좋은데 월급까지 '여성'스러우면 곤란해."

워커홀릭이어서가 아니라, 워킹에 홀릭하지 않으면 살아남을 수 없기 때문에 일에 환장해야 하는 현실이다. 어디 감히 가족 간의 유대를 논하고 연인과의 로맨스를 꿈꾸나. 똥 누는 시간도 아껴서 일하고 또 열심히 일해도 내 책상 하나 보전하기에 버거운 이 시점에 말이다.

그러니 일은 오로지 생존을 위한 '도구'가 되고, 자아실현이니 성취감이니 하는 말은 백만광년으로 저 멀리 날아가 버리는 것이다. 생존을 위한 투쟁은 당연히 높은 강도의 스트레스를 동반하고, 단지 '살아남았다'는 이유만으로 성취감이나 즐거움을 만끽하긴 어렵다. 생존을 위해서 조직에 헌신하는 '일'은 이토록 재미가 없다.

일이 얼마나 힘들고 재미없는지는 더 얘기할 필요도 없는 당연한 진리. 그렇기에 진짜 일이 즐거워서 미친 사람이라면, 너무나 부러운 사람이 아닐 수 없다. 복을 심하게 받은 거다.

만약 천운이 따라줘서 그런 복을 받았다면, 워커홀릭도 나쁘지 않다. 남들은 하고 싶어도 못하는 거니까. 그 어떤 죄책감이

나 불안감 없이 일에 잔뜩 미쳐 봐도 좋다. 절대절대 흔치 않은 기회다. 이럴 때 친구, 가족, 연인을 모두 배제하고 오롯이 일만 할 수 있는 상황, 당연히 '혼자'다.

회사에서야 당연하고, 집에 와서 TV를 켜는 대신 노트북을 켜고 밀린 일을 해야 하는 것이다. 주말에 보고 또 본 예능 재방을 보지 않고 월요일 회의 준비를 하는 것이다. 말리는 사람도, 방해하는 사람도 없다. 침대도, 화장실도 사무실이 될 수 있다.

그래 봐야 얼마나 더 할 수 있겠어 싶겠지만, 반대 경우를 생각하면 이 '혼자'가 얼마나 강력한 것인지 알 수 있다. 가족이랑 살게 되면, 혹은 룸메이트와 함께 하면 이 모든 것은 무너진다. 나의 경우를 살펴보자.

이 세상에 나 혼자였을 때를 돌이켜보면, 내 하루는 꽤 알찼다. 2009년 첫 소설을 쓸 때였다. 당시 석간신문사를 다니고 있던 나는 아침 7시까지 출근해서 오후 6시에 눈치 보며 퇴근을 했다(공식 퇴근 시간은 4시였지만, 글쎄). 모든 술자리는 낮술로 해결하고, 저녁을 대체할 샌드위치를 하나 사서 총알같이 집에 오면 오후 6시 반. 샌드위치를 입에 물고 소설 한 챕터를 쓰고 나면 밤 9시, 혹은 10시. 나는 드러누워 미니시리즈를 한 편 보고 다음날 기사거리까지 구상하고도 푹 잘 수 있었다.

지금 생각해보면 당시 나의 밤에서 허투루 쓰인 시간은 샌드위치 포장을 기다리는 5분여, 혹은 젖은 빨래 너는 시간 14분 정도였던 것 같다. 숨 막혔지만 다른 한편으론 황홀했다.

그러다 건강이 몽땅 무너져 부모님이 계신 집으로 들어가 살게 된 적이 있다. 내 생활은 완전히 바뀌었다. '집에 가서 일해야지'는 단 한 번도 지켜진 적이 없다. 집이 멀어서 퇴근에만 1시간이 걸렸다. 힘겹게 집에 도착하면 강아지와 인사를 하고, 오늘 내 얼굴이 왜 이리 푸석푸석해 보이는지에 대해 엄마에게 설명한 뒤 저녁 반찬에 대해 시시콜콜 간섭을 하고나면 먹고 씻고 누울 시간밖에 남지 않았다.

책의 한 챕터를 쓸 시간이 통째로 날아가 버렸다. 그렇게 없는 시간 쪼개서 어렵게 쓴 소설이 《로맨스푸어》인데, 늘 스트레스를 받은 데다 소재도 좀비라 그런지 한동안 잠만 자면 가위에 눌렸다. 결국 찾아낸 해법은 6시에 칼퇴근한 뒤, 사무실 근처 커피숍에서 오후 8시까지 글을 쓴 후 술자리로 가는 것이었다. 그리고 밤 12시 반쯤 집으로 들어가 강아지 재롱을 본 후 1시에 잠들었다. 가족과 살아서 모든 게 안정될 줄 알았으나, 한편으론 늘 시간에 쫓기며 불안한 나날들이었다.

물론 가치관에 따라, 가족들과의 수다 30분이 책 3페이지를 쓰는 것보다 훨씬 더 가치 있다고 생각할 수 있다. 나 역시 가족이 필요해서 가족과 살았다. 가족과 사는 게 어떤 행복감을 주는지 따로 말할 필요도 없다. 다만, '혼자'라는 게 일에 몰두하는데 얼마나 최적화될 수 있는지 강조하고 싶다.

모 예능 PD는 혼자 살고 있음에도 불구하고, 굳이 회사에서 1시간이 넘게 걸리는 곳에 집을 얻었다. 혼자 사는 직장인의 가장 큰 이점이 출퇴근 시간의 단축이건만, 그의 선택이 쉽게 이해되지 않아 그 이유를 꼬치꼬치 물었다. 그랬더니 그가 한다는 말이, 사람에겐 '퇴근'이 필요하다였다.

"여의도 방송국 앞에 오피스텔이 있는데 거기 PD들이 엄청 많이 살아요. 근데 생각해봐요. 편의점에 가도 동기들이야. 집에서 커튼을 열면 방송국이 보여. 휴대폰을 놓고 나오면 뛰어갔다 올 수도 있지. 집에 와서도 난 여전히 방송국 안에 있는 PD 같잖아요. 잠자는 시간마저 출근해 있는 것처럼 느껴지는 거죠."

그래서 그는 직장인에서 그냥 인간으로, 또 인간에서 직장인으로 로그아웃 — 로그인하는 시간이 필요하다는 입장이었다. 출퇴근 왕복 2시간이 바로 그 시간이란다.

"그동안 뭐 하는데요?"

"새로 나온 음악들을 다 들어보면서 운전을 해요. 정말 음악에만 푹 빠지는 거지."

그가 음악 프로그램 PD라는 점에서, 과연 그것이 정말 로그아웃인지에 대해선 의견이 분분하겠으나, 중요한 건 뭐, 당사자의 마음가짐이 아니겠나.

'직장인 이혜린'은 5년을 '혼자'서, 5년을 '가족'과 살았다. 둘

중 뭐가 나았다고 말하진 않겠다. 다만 지금의 상황에서 뭔가 드라마틱하게 뛰어오르고 싶다면, '혼자'의 상태가 절대적으로 유리하다는 것은 장담할 수 있다.

대단한 건 아니지만, 가끔 "넌 회사를 다니면서 어떻게 두 번째 직업까지 갖게 됐니? 부지런도 하다"라는 말을 들으면 내 대답은 늘 똑같다.

"혼자거든요."(씨익)

토크쇼 주인공 되기

○

직업 특성상 소위 아티스트와 아티스트 측근들을 자주 만나게 된다. 세상이 늘 자기중심으로 도는 아티스트와 그런 아티스트의 일이 실제 돌아가게 해주는 스태프의 관계는 꽤 흥미롭다. 세간에 알려진 것보다 훨씬 더 자주 의견 충돌이 일어나며, 영화나 드라마에서 그려진 것보다 훨씬 더 복잡한 애증의 관계다. 특히 특정 결과물에 꽂힌, 일 욕심 많은 아티스트와 결과가 이뤄질 가능성을 객관적으로 봐야 하는 스태프는 사이가 좋을 수가 없다.

실례로 들면, 아티스트가 "뮤비에 비행기"라고 말하면 스태프는 각 항공사를 돌면서 읍소를 해가며 비행기를 최대한 싸게, 혹은 공짜로 빌려와야 한다. '아직 네 네임밸류가 비행기를 떡하니 빌려줄 정도는 아니다'라고 면전에서 말할 만큼 간이 큰 스태프는 그리 많지 않다. 그래서 '네이버 메인에 내 기사 걸어줘', '무한도전에 출연시켜줘', '김은숙 작가 대본 구해와' 등의 미션 임파서블이 떨어지면, 스태프는 건강 팔고 영혼 팔고 다 내다파는 거다.

스태프들은 말한다.

"생각은 쉽지! 그게 실행되기가 어디 쉬운 줄 알아! 철없는 새끼!"

맞는 말이다. 생각은 쉽지만, 실행은 어렵다. 그리고 매우 중요하다. 꽤 괜찮은 가수나 배우인 줄 알았는데 어느새 흔적 없이 사라졌다면, 일 잘하는 스태프를 잃어서였을 가능성이 굉장히 높다.

그렇지만 세상은 아티스트를 더 중요하게 쳐준다. 함께 수익을 창출해도 아티스트가 '더 많이 먹는' 것만 봐도 그렇다. 애초에 생각을 안 하면, 실행이 안 되기 때문이다(아이돌의 경우, 스태프가 먼저 생각해서 실행하는 구조이므로 반대의 수익구조를 가진다).

내 자신을 설계하는 것도 마찬가지다. 내 안에는 수많은 내가 있다. 꿈을 꾸는 나, 목표를 세우는 나, 욕심을 부리는 나, 실행에 옮기는 나, 방황하는 나, 만사 귀찮은 나, 좌절하는 나. 어떤 '나'가 나를 지배하고 가장 많은 '수익을 먹느냐'에 따라 나는 확연히 달라진다.

나는 가장 중요한 '나'를 '꿈꾸는 나'라고 본다. 으아, 쓰고 보니 정말 진부하다. 현실은 시궁창인데 꿈만 꾸라는 개소리를 하려는 게 아니다. 다만, 나머지의 '나'들을 통솔하고 설계하는 '나'라는 점에서 '꿈꾸는 나'가 가장 중요하다는 것이다.

그 꿈꾸는 나에게 우리는 충분한 시간을 줘야 한다. '말도 안 돼', '그걸 어떻게 하라는 거냐', '너는 뉴스도 안 보니'와 같은 스태프스러운 말을 무시하고 맘껏 떠들 수 있는 시간을 줘야 한다. 사실 연예인들이 TV 속에서나 매력적이지, 같이 일을 해보면 그런 또라이들이 없다. 우리도 그렇게 또라이스럽게, 꿈같은 소리를 할 필요가 있다.

혼자인 사람은 그 측면에서 매우 유리하다. 꿈꾸는 자아가 실제 내 몸 밖으로 목소리를 낼 수 있다는 점에서 그렇다. 아무한테도 말할 수 없는 민망한 내 꿈도, 내가 내 입으로 뱉어내보면 또 완전 헛소리 같진 않다. 물론 '그거 분명 헛소리야'라고 리액션할 사람이 없는 게 중요하다.

가장 좋은 방법은 토크쇼에 출연하는 거다. 아니, 진짜 나가라는 게 아니고 상상을 하는 거다. 그냥 상상만 하는 게 아니고 실제 토크쇼에 나온 것처럼 말을 하고 행동을 해본다. 〈라디오스타〉여도 되고, 〈코난 오브라이언쇼〉여도 된다. 느긋한 태도로 의자에 앉아 MC들의 짓궂은 질문에 말을 이어가는 거다.

실제 장소가 화장실 변기든(변비는 조심해야 한다), 침대 구석자리든 상관없다. 머릿속에서만 뱅뱅뱅 돌던 말들을 내 입 밖으로 꺼내는 순간, 꿈꾸던 내가 실현되는 짜릿함을 느낀다.

'토크쇼 주인공 되기'는 지금의 내가 가장 원하는 '나'를 찾을 수 있는 방법이기도 하다. 고백하자면 나는 내가 연출하고 내가 출연한 나의 토크쇼에서 노벨문학상을 수상하고 막 귀국한 인기 작가였다가, 미디어 재벌이 돼서 한 방에 수백억을 벌어들인 젊은 CEO였다가, 사회 부조리를 고발해서 대학생들의 롤모델로 떠오른 퓰리처상 수상 기자였다가, 수시로 바뀐다. 뭐, 가끔은 140억 원짜리 복권에 당첨된 한량이기도 하다.

어쨌든 옆에 누군가가 늘 붙어 있어서, 제정신을 유지해야 하는 사람이라면 절대 해볼 수 없는 또라이 짓임에 틀림없다. 그러나 자신 있게 권한다. 머릿속으로만 상상하는 것과 실제 의자에 앉아서 내 입으로 또박또박 성공 소감을 말하는 것은 차원이 다르다.

그리고 그제야, 지금 내가 무엇을 해야 하고, 무엇을 해야 행복한지 깨달을 수 있다. 나의 나머지 '나'들이 고달파지겠지만, 뭐, 아티스트가 돈 많이 벌면 스태프의 월급도 올라가는 것 아니겠나.

4. 독립

판타지는 저리 치워

혼자 산다는 건, 혼자라는 건, 결코 당당하고 독립적인 게 아닐지도 모른다. 가끔은 비참하고 위험하고 그래서 치명적일지도 모를 일이다. 절대 멋있지도 낭만적이지도 않다. 이 부분만큼은 아름답게 포장할 방법이 없다.

《상황》

내 걱정은 나만 한다

혼자 응급실에 가기

○

독립적인 인간이라는 자부심은 세균 덩어리 하나로 무너진다. 누군가의 '괜찮니' 한마디가, 따뜻한 손길 하나가 사무치게 그리운 순간. 더 구체적으로 쓰자면 나 대신 병원 수속을 밟아줄 사람이, '본죽'에 가서 호박죽 하나 사다줄 사람이(죽집이야말로 배달 서비스가 필요한 곳 아닌가!) 절실한 순간.

홀로 이 힘겨운 순간을 버텨내고 있다 보면, 내가 평소 '혼자'를 누리고 있던 것에 대한 벌을 받는 것 같은 느낌도 든다. 내가 뭐 그리 이기적으로 살았다고, 이 절체절명의 순간에 내 목숨 나 혼자 오롯이 책임을 져야 한단 말인가.

그래, 가끔은 이 '혼자'가 우리 목숨에 직결되기도 한다. 누가 조금만 더 빨리 발견했어도, 119가 조금만 일찍 도착했어도, 누가 옆에서 머리만 받쳐줬어도 등의 이야기를 우리는 자주 듣는다.

아플 땐 시간도 잘 가지 않는다. 누군가의 손길에 의지하지 않으면 홀로 살아나기 어려울 것 같은 불길함. 내가 누군가를 내 옆에 두는 '수고'를 해왔다면 지금보다 더 수월하게 살아남을까 싶은 후회도 든다.

경중의 차이는 있겠지만 혼자 사는 사람에게 한번 이상 닥치는 일이다. 나도 꽤 있었다. 여러 글을 통해 밝힌 바 있는 목디스크 사건이다. 회사에 들어가서 노트북을 들여다보고 있는 시간이 폭증하면서 목에 디스크가 찾아왔다. 어느 날 일어나다가 목에서 두둑 소리가 났는데, 머리를 감다가 두두둑 소리가 더해지면서 목이 왼쪽으로 돌아가지 않는 상태가 됐다.

그 상태로 회사를 가서 그대로 일을 하며, 기사를 쓰고 잔심부름까지 했다. 내 맘대로 돌아가지도 않는 목 때문에 괴로운데도 회사 사람 누구도 내 아픔을 알지 못했고 집에 가서 쉬라는 말을 하지 않았다. 그러다 또 한 번 두두두둑. 느낌이 이상하다고 하자 선배들은 꼭 한의원에 가서 침을 맞으라고 했다. 침을 맞고 쓴 한약을 먹고 집에 왔다. 숟가락질도 어려운 지경이 돼서 피자를 시켜서 한 조각 입에 물다가 잠이 들었다.

문제는 그다음이었다. 자리에서 일어날 수가 없었다. 내 머리는 베개에 붙은 듯 꼼짝하지 않았다. 목이 말라 죽겠는데 일어나지 못하고 눈동자만 돌리고 있어야 했다. 비명을 질러대며 몸을 10센티미터가량 움직여 겨우 휴대폰을 쥐었다.

"엄마! 몸이 안 움직여! 서울로 와줘!"

너무 깜짝 놀란 엄마는 일단 전화를 끊으라고 하더니, 10분 후 전화를 다시 걸어왔다.

"KTX 파업한단다!"

맙소사. 부산서 서울까지 오는데 대체 얼마나 걸릴 것인가. 내 목숨은 이제 친구들 손에 달렸다. 마침 한 친구가 집 근처 용산 CGV에 영화를 보러 왔단다.

"그래그래! 영화 끝나고 바로 달려갈게!"

어둠 속에서 친구를 기다리던 그 심정. 아, 지금도 생생하다. 드디어 현관 벨이 울리고, 문자메시지로 받은 비밀번호를 누르고 친구가 들어섰던 그때 나는 그 친구에게 친구 그 이상의 감정을 느꼈던 것도 같다.

친구가 사다준 건 소염진통제였다. 놀랍게도 그 약 두 알을 먹자 내 목이 아주 조금 움직이기 시작했다. 이후 다른 친구가 사다준 파스까지 덕지덕지 붙이고서야, 이럴 땐 한의원이 아니라 약국을 갔어야 했다는 사실을 깨달았다.

그 이후로 내 주거지를 결정하는 요인이 하나 추가됐다. 동네 친구가 두 명 이상 있을 것. 그저 회사 근처로 집을 구한 사회초년생에게, 밤 10시에 집으로 급하게 불러들일 친구가 있을 리 만무했던 게 내 생고생의 주요 원인이었다. 동네 친구라는 게, 심심한 일요일 오후 세수도 안 한 얼굴로 함께 닭다리를 뜯을 수 있는 존재일 수도 있지만 그 정도로 친밀하지 않아도 아무 시간대나 집에 와서 나를 좀 구해달라고 SOS를 칠 수만 있다면 충분히 의미 있다.

그러나 친구가 백수가 아닌 이상, 늘 나를 위해 대기하고 있는 것도 아니니 친구만 믿고 있을 순 없다.

홀로 병원에 가서 진료를 받는 것 역시 필요하다. 그게 뭐 어렵냐는 사람도 있겠지만, 직접 겪어보면 보통 일이 아니다.

우선, 새벽 2시에 어느 병원 응급실을 가야 하는지 정확히 아는 사람? 집 근처에 아주 큰 병원이 있다면 몰라도, 그게 아니면 어느 규모의 병원까지 24시간 응급실이 운영되는지 쉽게 알기 어렵다.

나는 혼자 가로수길에 있다가 갑자기 쓰러져 근처 응급실을 찾아야 했던 적이 있는데, 포털 검색으로도 쉽게 찾아지지가 않았다. 택시 아저씨들 역시 근처 큰 병원으로 가달라는 말에 우왕좌왕했다. 결국 어렵게 찾아간 곳에는 응급실이 없었고, "저쪽 방향에서 타세요", "그 병원 가려면 차 많이 막힐 텐데" 등의 말을 들으며 택시를 세 번이나 갈아탄 다음에야 고속터미널 근처 모 대형병원에 갈 수 있었다. 쓰러지면서 부딪힌 곳이 마구 부어오르는데, 택시 아저씨를 붙들고 울고 싶은 심정이었다.

응급실에 도착한다고 해서 전부는 아니다. 나는 총 세 군데의 응급실을 가봤는데, 병원마다 차이는 있지만 대체로 비슷한 지점에서 나를 당혹케 했다. 병원 입장에서 '경증' 환자로 분류되면, 죽을 것같이 괴롭다는 나의 입장과는 별개로 사실상 벤치에 방치되다시피 한다. 중환자가 우선이라는 데에는 이견이 없지만, 그 외 환자들을 너무 '갈 거면 가라'고 취급하고 있는 건 아닌가 싶다.

제일 많이 듣는 얘기는 "기다리세요", "저리 좀 비켜주세요", 다시 "기다리세요". 이런저런 환자들 사이에 다닥다닥 붙어 2시간씩 기다리고 있다 보면, 없던 병도 생길 것만 같다. 당연히 보호자가 있을 것이라고 간주하는 의료진의 태도 역시 가끔은 곤혹스럽다. 번호표는 대체 몇 번을 뽑아야 하는 것이며, 링거 주렁주렁 달고 소변은 또 어떻게 받아오란 것인지 보통 멘탈로는 버티기 힘든 코스다.

나는 심전도 검사기기를 갖고 들어온 잘생긴 인턴에게 원피스 지퍼를 내려 달라고 부탁하는 것으로, 홀로 응급실행의 클라이맥스를 찍었다.

내가 이런 에피소드들을 말하면 혼자 남녀 선배들은 코웃음을 친다. 새벽녘 위경련이 찾아와서 홀로 운전까지 해 응급실을 찾아갔다거나 무슨 캔을 따다가 손가락이 잘리다시피 해 너덜거리는 손을 쥐고 택시를 잡아탔다는 얘기 등이 쏟아진다. 하긴, 나는 갑작스레 복통을 호소하는 업계 동료에게 겔포스와 링거를 권하고 쿨하게 자리를 떴는데, 나중에서야 그녀가 홀로 병원에서 맹장 수술을 받게 됐다는 소식을 듣기도 했다.

혼자 산다는 건, 혼자라는 건, 결코 당당하고 독립적인 게 아닐지도 모른다. 가끔은 비참하고 위험하고 그래서 치명적일지 모를 일이다. 절대 멋있지도 낭만적이지도 않다. 이 부분만큼은 아름답게 포장할 방법이 없다.

끼니 때우기 스킬

○

주말이 싫은 이유를 감히 댈 수야 있겠느냐마는, 송구함을 무릅쓰고 하나 조심스럽게 대보자면, 바로 끼니 해결의 번거로움이다.

오후 두세 시쯤 정신이 돌아오는 몽롱한 주말 '아침'. 뭐 먹기도, 안 먹기도 애매한 더부룩한 속을 부여잡고 고민이 시작된다. 뭘 먹긴 해야 할 것 같은데. 대체 뭘 먹지?

천근 같은 몸뚱이를 일으켜 냉장고를 열어보지만 문부터 매우 가볍고 얄팍하게 느껴진다. 역시나. 생수통은 한 모금 될까 말까 한 물만 찰랑이는 채 넘어져 있다. 과일 칸에는 언제 쓰고 잘라뒀을지 모를, 다 말라붙은 파 한 뿌리가 엉켜 있다. 처음부터 이 모양은 아니었을 텐데.

저쪽 구석엔 지난 주말, 어쩌면 지지난 주말에 시켜먹고 남은 치킨 반마리가 있다. 차마 그 뚜껑을 열진 못하겠다. 그 외엔 먹을 만한 게 전멸 상태.

라면을 끓일까 하는데, 젠장. 엊그제 라면을 끓였던 냄비는 아직 설거지도 되지 않은 채 싱크대에 널브러져 있다. 과자를 먹자니, 신발 챙겨 신고 편의점까지 다녀오기 귀찮다. 이렇게 먹을 후보가 줄면 줄수록, 아이러니하게도 뭔가를 먹어야겠다는 마음이 절실해진다.

이럴 땐 배달음식이 답이다. 그동안 먹었던 메뉴 말고 새로운 걸 도전하고 싶다. 배달 앱을 켜고 이것저것 검색을 해본다. 굉장히 진지하다. 이게 괜찮나? 사람들이 남겨둔 리뷰를 꼼꼼히 읽는다. 에이, 별로네. 이건? 대부분의 리뷰가 칭찬인 메뉴를 어렵게 찾아낸다. 그런데, 단 하나 악평을 해둔 게 영 마음에 걸린다. 나머지 리뷰가 '알바'면 어쩌지? 그러고 보니 사장님 댓글도 너무 친절한 것이 뭔가 부자연스럽다. 네이버를 띄우고 다시 검색에 들어간다. 앱에서는 꽤 핫한데 블로그엔 관련 글이 없다. 불안하다.

그러다 맛집 블로그로 자연스럽게 넘어간다. 등심, 곱창, 돼지갈비, 파스타. 으아, 나가서 먹는 게 제일 맛있긴 하다. 그런데 혼자 먹기도 애매하고, 약속을 잡을 상대도 없다. 다시 배달앱을 켠다. 젠장. 다 맛없어 보인다. 먹긴 먹어야 하는데 먹을 게 없는 상황. 매우 짜증난다.

조금 돈을 쓸 여력이 있다면 배달 도시락을 추천한다. 매일 다른 반찬들로, 하루 한두 끼를 책임질 수 있는 도시락을 배달해준다. 매일 아침 먹을 걸로 고민하지 않아도 된다. MSG 향이 매우 강하게 나는 일반 도시락과도 다르다. 유기농으로 선택하면, 건강해지는 느낌도 든다.

다만 나처럼 외부 미팅이 많아 집에서 밥 먹는 일정이 오락가락하는 사람에게는 잘 맞지 않는다. 남는 도시락을 갖고 다니기도 애매하고.

내가 찾아낸 해법은 선식이다. 콩 같은 잡곡들을 갈아 만든 이 가루를 우유 같은 것에 타먹으면 꽤 배가 부르다. 아무래도, 일반 밥보다는 살이 덜 찌는 느낌도 든다. 뭔가 먹어야 할 것 같은데 적극적으로 요리를 찾아 해매고 싶진 않을 때, 선식 한 포를 뜯어서 우유에 타먹으면 그만이다.

유통기한 짧은 우유를 구비하는 것조차 귀찮다면, 두유도 좋다. 나는 홈쇼핑에서 두유를 한 박스씩 사다가 선식 먹을 때 활용하곤 한다.

정말 맛있는 걸 원할 때야, 나가서 사먹거나 배달을 시키는 게 맞겠지만 꼭 그렇진 않은데 그냥 방치하면 속이 쓰릴 것 같을 때, 그 공복감을 달래기에 선식만 한 게 없다. 정말 '끼니 때우기'를 위한 거라면, 이보다 효율적인 아이템이 어디 있겠는가.

건강에 눈뜬 지인 중에서는 디톡스 주스를 권하는 경우도 많다. 혼자 살다보면, 각종 인스턴트 음식과 조미료에 찌들게 마련인데, 약속 없는 주말만큼은 디톡스 음료를 먹으며 독소를 빼라는 거다. 이게 실제 효과가 얼마나 있는진 몰라도, 굉장히 혹하는 일이다. 귀찮은데 뭐 안 차려먹어도 되고, 건강도 증진시키고 살도 빼는 것 같으니 말이다.

아예 한 달씩 디톡스 프로그램에 들어가는 사람도 있었는데, 다른 건 몰라도 피부톤 하나는 진짜 '애기 피부'로 돌아가서 깜짝 놀랐던 적이 있다. 외부 약속이 많은 사람은 차마 시도하기 어려울지라도, 어차피 혼자 있을 주말 동안만큼은 해볼 법도 하다. 아예 안 하는 것보다는 낫지 않겠나.

나 같은 경우에는 뭘 먹어야 하나 고민하는 시간만 줄여도, 주말이 꽤 알차긴 할 것이다. 배달 앱 켰다 껐다 하는 시간, 각종 쿠폰북 뒤적이는 시간, 블로그 검색하는 시간. 결국은 컵라면 물을 끓이면서 말이다.

물론 먹는 낙을 포기하거나 폄하할 생각은 없다.

나른한 주말 오후, 홀로 잠에서 깬 침대 한복판에서 그 낙을 누릴 방법이 그리 많지 않을 뿐이다. 햄버거, 피자, 치킨을 멀리하기로 맘먹었다면 더더욱 말이다.

그러니 평소 검색과 사전 준비를 통해서 자신에게 딱 맞는 끼니 대처 방식을 하나쯤은 갖고 있는 게, 허기진 주말을 메뉴나 고민하며 멍 때리는 일을 피할 수 있는 최선의 방법이다.

편식주의자

○

나는 육식주의자다. 아니, 육식자다. 육식 외엔 '거의' 하지 않는다. 맹세컨대, 고기를 먹지 않는 날이 없다. 직화구이는 물론이고 돈까스든 만두든 잡채든 고기가 주를 이루거나 상당 비중을 차지하는 반찬을 선호한다. 하다못해 스팸 한 조각이라도 있어야, '식사'가 된다.

김밥에 억지로 시금치를 넣어주는 엄마도 없고, 수시로 연어 샐러드를 만들어대는 동생도 없으니, 100퍼센트 내 취향으로 구성된 식단 혹은 식당 메뉴는 고기 일방향으로 편중되고 만다.

사람 많이 만나는 직업의 가장 좋은 점은 고기 먹을 일이 많다는 것이다. 그다지 친하지 않은 사람과 격의 없는 척 '썰'을 풀기엔, 고기를 물고 뜯는 게 최고다. 함께 곁들이는 소주도 가성

비 최고 효율이다.

마음 한구석에는 일말의 불안감이 싹튼다. 나 너무 한 가지 메뉴만 먹는 거 아닐까. 사람의 몸은 그 사람이 먹는 걸로 구성된다는데, 그렇다면 내 몸은 너무 빈약한 구성요소를 자랑하는 게 아닐까. 엽록소라던가 비타민이라던가 그런 게 내 몸에도 필요하지 않을까. 삼겹살 불판 옆에 반짝이고 있는 기름 한 사발을 보며 불현듯 그런 생각에 잠기다, 콩나물 몇 가닥 허겁지겁 삼키는 게 내 채식의 전부였다.

그래도 어쩔 수 없었다. 어떤 한 가지 맛에 꽂히면, 그 메뉴가 물리고 물려 꿈에 나올 지경이 돼서야 끊을 수 있었다.

한번은 곱창에 흠뻑 빠졌다. 강남, 홍대 일대를 헤집고 다니며 각종 곱창집을 섭렵했다. 대창이 뿜어대는 자글자글 기름에 곱창이 빳빳한 갈색으로 바싹 구워지고 나면, 나는 세상 전부를 얻은 양 행복했다. 돈 좀 있다 싶은 날에는 특양구이에 양밥까지 두둑하게 먹고서는(고작 그 한 끼에) 내 인생은 꽤 성공했다는 느낌까지 만끽했다.

대학 시절엔 돈까스에 빠졌다. 일본식 등심 돈까스부터 분식집 옛날 돈까스까지 세상 모든 돈까스는 다 먹겠다는 듯 모조리 먹어댔다. 오죽하면, 오랜만에 만난 동창이 약속 장소를 돈까스집으로 잡으려 했을 정도다.

"너 돈까스만 먹잖아."

특히 혼자 살던 집 바로 앞 식당의 옛날 돈까스가 예술이었는데, 내가 그 집에 들어서면 아저씨는 묻지도 않고 고개만 까딱한 후 1인분 포장에 돌입하기도 했다.

사회 초년생 시절엔 떡볶이였다. 학창 시절에 친구가 별로 없었는지, 떡볶이를 먹을 일이 별로 없었던 나는 사회 초년생 시절 당직을 서면서 먹게 된 떡볶이에서 천국을 맛봤다. 적성에 안 맞는 일을 하며 시간을 낭비하고 있다는 자괴감과 언제 어디서 터질지 모르는 상사 잔소리에 대한 불안감 때문에 늘 스트레스를 달고 살았던 나는, 매운 떡볶이를 한입 가득 물었을 때만이 아무 생각도 근심걱정도 없는 무아지경에 이르렀다. 홀로 저녁을 먹어야 하는 당직 날이면 용산역 앞에서 가장 매운 떡볶이로 유명한 현선이네까지 걸어가 2인분을 포장해와 실컷 먹고 나서 다음 날 겔포스를 달고 살았던 기억이 있다.

30대 중반이 되고 떡볶이로 인한 위염과 곱창으로 인한 비만의 공포심이 커져갈 무렵, 내 죄책감을 덜어주면서 중독성을 자랑하는 메뉴를 만났다. 돼지불백이다. 고기는 반드시 쌈에 싸먹겠다는 다짐이 그나마 잘 지켜지는 메뉴다. 푸른 상추 위에 불냄새 품은 돼지고기를 얹고, 새빨갛게 양념한 마늘과 새콤한 무를 올려 한입 가득 쑤셔넣으면, 내가 그동안 먹은 동물성 기름이 모두 빠져나가는 기분까지 들었다. 1년여 동안 질리지 않았다. 누구든 쌍다리 돼지불백집에 가면, 파자마 차림으로 1인분 포장을 초조하게 기다리고 있는 나를 어렵지 않게 발견할 것이다.

곱창에서 돼지불백으로의 '발전'은 분명 대단하지만, 아마도 내 몸은 더 많은 채소를 원하고 있을 것이다. 밤길에 눈이 자꾸 침침한 것이, 당근을 먹어줘야 하나 싶기도 하고 툭하면 감기에 걸리고 골골대는 것이, 마늘이나 양파를 좀 더 먹긴 먹어야겠다 싶기도 하다. 브로콜리라는 것을 내 입에 넣은 지는 진짜 5년 전 일인 것 같다.

이런 나도 극단적 채식을 다짐한 적이 있다. 강아지를 키우게 되면서, 동물과의 교감을 굉장히 활발하게 됐는데 언젠가 동물 도축 관련 다큐를 보게 된 것이다. 닭들이 평생 A4 반장 크기만 한 닭장을 벗어나지 못하고 죽는다는 사실. 돼지가 살을 더욱 찌우기 위해 정신이 나갈 정도로 지저분한 곳에 우글우글 갇혀 산다는 사실. 도살장에 끌려가기 전, 눈물을 흘리고 괴로워하는 소의 얼굴을 보면서 큰 충격을 받았다.

나는 그때 정신이 몸을 완전히 지배한다는 사실을 받아들였다. 즉시 채식을 다짐하면서도, 다음날 아침 김치찌개에 들어 있던 돼지고기를 무심코 한 점 먹을 정도로 내 몸은 육식에 익숙했지만, 몇 시간 후 나는 온몸에 알 수 없는 두드러기가 나서 일상생활이 어려울 정도가 됐고, 그로부터 두어 시간 후에는 식도에

까지 두드러기가 나서 숨이 가쁜 상황에 이르렀다. 호흡을 제대로 하지 못해 찾아간 응급실에서도 원인은 찾지 못했다. 아무리 생각해도 내가 그날 평소와 달랐던 점이라면 고기를 먹고 나서 굉장한 죄책감에 시달렸다는 것뿐이었다.

이후로 나는, 남들보다 여전히 더 열성적인 육식주의자면서, 남들보다 훨씬 더 많은 죄책감을 느끼는 채식 동경주의자가 됐다. 곱창집과 돼지불백 집 문이 닳고 닳을 정도로 드나들면서, 마음 한편에는 내가 우리 집 강아지 친구를 먹고 있는 게 아닌가 하는 찝찝함과 억울하고 비참한 최후를 맞은 이 영혼에게 죄스러움이 교차하기도 했다.

이쯤 되면 내 몸과 정신 모두를 위해 채식을 늘리는 게 맞다. 혹자는 채소한텐 영혼이 없다고 누가 그랬냐고 따지기도 했지만, 이 35년 육식 외길 인생에 변화가 필요하다는 사실을 계속 무시할 순 없다.

그러나 정말 쉽지 않다. 주말 내내 귀찮아서 대충 때우고 나면, 월요일 점심 메뉴를 고를 때부터 두 눈에 불이 번쩍하고 켜지며 고기만 찾아다니게 되니까. 풀떼기는 먹어도 먹어도 위장 속 어딘가에 구멍이 난 듯 끝없이 허해지니까. 무엇보다, 이런 내 편식 성향을 바로잡아줄 사람이 없으니까.

나 스스로 메뉴도 통제 못하는 주제에, 멀쩡하게 공부 마치고 회사생활까지 하고 있는 걸 보면 신기하다. 그만큼 식성이라는 게 강력한 건가 싶고 각종 몸의 이상신호도 지울 수 없는 죄책감도 식성을 이기진 못했으니까.

나는 식성 앞에 무릎 꿇을 수밖에 없는 나를 쿨하게 받아들이기로 했다. 그거 말고는 도무지 방법이 없으니 말이다. 다만 메뉴를 정할 때 상대방에게 전권을 주기로 규칙을 정했다. 상대방이 회나 아귀찜을 골라준다면 못 이기는 척 따라나서는 거고, 고기집을 고른다면 역시 못 이기는 척 따라가는 거다. 그렇게만 돼도, 고기 먹는 비율을 줄일 수 있다. 고기를 먹어도 내가 고른 게 아니니, 뭔가 죄책감도 덜해진다. 덕분에 결정장애자 이미지를 얻게 되긴 했지만, 어쨌든 메뉴를 배려해서 또 나쁠 건 없다.

뿌듯해하고 있는 내게 한 후배는 말했다.

“선배, 늘 우리한테 물어보시지만 사실 답정너잖아요. 곱창집 나올 때까지 계속 물어보시면서!”

라면 먹고 비타민 먹고

○

라면은 몸에 나쁠까. 한 해 매출 2조 원을 올리고도 별 문제가 없는 걸 보면, 꼭 그렇지만은 않은 것 같다. 안 그랬음 지금쯤 나라가 뒤집어졌어야 한다.

그러나 지극히 개인적인 경험을 하나 덧붙이자면, 라면'만' 먹는 건 그리 좋지 못하다. 요리 실력이 비참함은 물론이고 돈도 별로 없었던 대학시절, 라면은 내게 주식이나 다름없었다. 이렇게 라면을 자주 먹어도 되려나 싶을 정도로 일주일에 서너 번씩은 꼭 점심이나 저녁, 가끔은 아침도 라면으로 해결했다.

〈열정, 같은 소리하고 있네〉에는 라희가 자신이 먹어치운 컵라면의 양을 언급하면서 먼 훗날 미라가 돼서 후손에게 발견되지 않을까 예상하는 내용이 나오는데, 이건 정말 내 경험이었다.

난 실제 그걸 진심으로 걱정했다.

아주 티가 나게 몸이 나빠지는 건 아니었지만, 뭔가 이상하긴 했다. 소화가 잘 안 됐고, 툭하면 위염이 생겼다. 그러나 꼭 라면 때문만이라고 보긴 어려웠다. 당시 나는 스트레스도 많았으니까. 어쨌든 의사는 라면을 되도록 줄이라고 했다.

물론, 혼자 사는 사람이 라면을 줄이는 건 불가능에 가깝다. 혼자 차려먹겠다고 밥 하고 반찬 하고 설거지까지 하는 게 꽤나 귀찮게 느껴질뿐더러, 한번 라면 맛에 중독되면 도무지 끊을 수가 없다. 나는 매번 라면을 먹고 싶다는 강렬한 유혹에 시달리고, 그 유혹이 해소되는 쾌감을 만끽하며 라면을 끓이고는 반쯤 정신 나간 듯 흡입하다가 문득 깨닫곤 했다. 새삼 밀려오는 조미료 향이 확 질리면서, '내가 이걸 또 먹고 말았군' 하고 자조하는 것이다. 라면 국물을 아주 조금 남기는 것으로 죄책감을 덜고는, 다시는 라면을 사지 않겠다 다짐하고 이틀쯤 지나서 같은 과정을 반복한다.

그래서 하루는 친구들에게 물어봤다.

"너, 일주일에 라면 몇 개 먹니?"

친구들은 고개를 갸웃했다.

"일주일? 한 달에 두 번 정도 먹는 거 같은데."

난 충격을 받았다. 그랬다. 단지 혼자 산다는 이유만으로 집에서 따뜻한 밥 얻어먹고 다니는 애들보다 빨리 죽을 수 있었다.

건강염려증의 시작이었다. 삼시세끼 건강한 음식을 먹으라는 기본 철칙을 못 지키면, 그 철칙을 지키고 싶어지는 게 아니라 이 상황을 무마할 수 있는 꼼수를 격렬하게 찾게 된다. 나는 약국에 갈 때마다 비타민 통을 종류별로 한아름 안고 오는 일이 잦아졌다. 칼슘, 프로폴리스, 유산균도 따라나서기 시작했다.

우리 몸이 얼마나 많은 영양소를 필요로 하냐면, 바빠서 끼니를 잘 못 챙기는 어떤 분은 한 번에 영양제를 스무 알 넘게 드셨다. 그건 대부분 다른 종류였다. 난 그 광경을 보면서 일종의 불안감을 느꼈다. 나만 뒤처지고 있어!!

보통 사람보다 몸이 굉장히 좋지 않다고 믿은 나는 점쟁이 아주머니에게 목소리를 높인 적도 있다. 내 사주를 보시곤 꽤 건강하다고 하자, 내 생일을 혹시 잘못 알아들은 거 아니냐며 수차례 되물었다.

의사에게도 마찬가지다. 큰 이상이 없다고, 멀쩡하다고 하는 의사에겐 왠지 따져묻고 싶었다. 내가 평소에 먹는 게 얼마나 엉망인데요. 늘 피곤하고 짜증나고, 실제로 아프다고요! 그래도 의사가 강경하게 '정상'을 외치면, 그제야 마음이 놓였다. 스트레스 때문일 거라는 한마디를 듣고 돌아서더라도 어쨌든, 의사를 만나야 '난 건강함'을 믿을 수 있었다.

집에는 약이 종류별로 쌓였다. 각종 영양제들이 종류별로 식탁 위에 굴러다니다가 유통기한 만료와 함께 버려지는 일이 반복됐다. 몸을 방치함과 동시에 건강에 집착하는 우스운 악순환이었다. 옛날 자린고비들이 굴비를 공중에 매달아놓고 실제 먹는다고 주문을 외웠듯이 나는 식탁 위에 올라온 영양제를 보기만 하면서 건강해지고 있다고 최면을 걸었는지도 모른다.

오랜 시행착오 끝에, 건강은 감당할 수 있을 만큼 집착하는 게 낫다는 결론에 다다랐다. 걱정만 한다고 되찾아지는 게 아니었다, 건강이라는 녀석은. 약국에 가서는 처방전에 적힌 약만 사서 총알같이 돌아 나왔다. 가끔 변비님께서 오실 거 같으면 푸룬을 몇 봉지 사긴 하지만 그 외 충동구매는 절대 하지 않으려 한다.

싱글 생활을 오래한 선배들의 조언에 따르면 미니멈 두 개만 지키면 된다. 종합비타민과 오메가3. 이 두가지만큼은 알람을 맞추거나 매일 반복되는 특정 일정에 '약 먹기'를 포함시킨다. 출근 직전 신발장에서, 혹은 자기 직전 침대에서 먹는 식이다. 나는 여기에 과일 챙겨 먹는 게 제일 귀찮으니 비타민 C와 유산균 정도만 더한다. 저녁 먹은 후, 자기 전에 먹으려 노력하는데 가끔 먹은 걸 까먹고 또 먹긴 해도 아예 잊어버리고 넘어가는 날은 거의 없다. 한때는 약만 먹어도 배부를 정도였지만, 이젠 가뿐하다.

물론, 가장 좋은 건 규칙적이고 질 좋은 식사이다. 그러나 권하진 않겠다. 이건 직장인에게 스트레스 받지 말라고 하는 거나 마찬가지니까. 말도 안 되는 개소리다. 인스턴트 음식을 줄이라고 하지도 않겠다. 그건 굶으라는 소리다.

다만 내 몸에 부족한 게 무엇인지는 확실히 인지하고 그걸 아주 조금이라도 메워보려고 노력하는 정도면 되겠다. 큰 질환이 없다면 말이다.

아주 조금 더 성의를 기울일 용의가 있으면 요리에 눈떠보는 것도 나쁘진 않다. 매 끼니 요리를 하라는 게 아니고, 한가한 주말에 한번쯤 재미삼아 해보는 정도 말이다. 나는 회사를 그만두고 심심풀이로 요리를 시작하면서 신기한 경험을 했다. 내 몸에 들어갈 거라면서 어느새 웰빙을 찾고 있었다. 아침에 일어나 햄버거에 콜라 한가득 먹던 내가 마트에 가서 유기농 당근을 찾아 헤매는 꼴이라니. 된장찌개엔 평생 먹지도 않던 버섯을 잔뜩 넣고는 매우 뿌듯해하는 것이다. 간도 거의 안 하고, 기름 한 방울도 덜 쓰려 노력한 내 요리는 아무런 맛도 없었지만, 왠지 그래야만 할 것 같았다. 내 손으로 내 몸을 죽이긴 싫은 느낌?

한번쯤 시도해보길 권한다. 장을 보러가기 전에, 요리에 돌입하기 전에, 지방과 소금, 설탕의 유해함을 섬뜩하게 써놓은 글을 꼭 읽어볼 것도 권한다. 포털에 검색하면 무지 많이 나온다.

그런데 이 글을 쓰는 나, 이만 쓰고 라면을 끓이러 가고 싶다.

《방법》

건강하게
홀로서기

홀로 술 깨기

○

혼자 있을 때 아프면 참 서러운데, 숙취의 경우 그 괴로움의 정도가 더해진다. 그 과실이 상당 부분 나에게 있다는 점에서 자괴감이 추가되기 때문이다.

안 아플 수도 있었는데, 지금쯤 벌떡 일어나 상쾌한 아침을 맞을 수도 있었는데, 어제의 그 한잔이 오늘 하루를 다 망쳐버린 것이다. 이토록 아픈 아침이라니. 내가 내 손으로 피할 수 있었지만 결국 더 깊이 무덤을 판 꼴이다. 깨질 듯한 머리통을 부여잡고 이런 후회를 하는 게 이번이 처음이 아니라는 점에서 더욱 그렇다.

여기서 숙취란, 입안이 깔깔하거나 속이 조금 쓰린 정도를 말하는 게 아니다. 정수리에서 심장이 뛰고, 먹는 족족 토해내며,

지구를 어깨 위에 짊어지고 있는 듯한 숙취를 말한다.

차라리, 휘청이는 몸으로 머리를 감다가 잔뜩 토하기라도 하면서 출근을 해버리면 낫다. 사람이란 게 정말 대단한 것이 밥줄이 걸려 있으면 어깨 위에 지구가 아니라 행성계를 짊어지고 있어도 뛰게 돼 있다. 아이스 아메리카노로 버티고 버티다 점심 때 쌀국수나 순대국밥 한 그릇이면 또 금방 저녁 술자리 약속을 잡을까 생각도 든다.

문제는 토요일 아침이다. 과음하기 딱 좋은 불금의 밤. 주체할 수 없을 양의 술을 퍼마시고 어떻게 집에 들어왔는지 기억도 못한 채 침대 위에서 깨어나는 토요일 아침, 혹은 점심. 손가락 까딱할 힘은 없는데 속은 울렁이고, 뭔가 토해야 할 거 같아서 화장실을 서성거려도 신물만 올라오는 시추에이션. 약을 사러가기엔 눈곱 떼고 걸어 나가는 것조차 힘들뿐더러, 엘리베이터라도 탔다간 멀미를 할 것 같은 상태. 냉장고에 싱크대 안까지 뒤져봐도 해장거리라고는 단 하나도 등장하지 않는 상태.

다시 침대 위에 푹하고 고꾸라져 빙빙 도는 천장을 감상하는 수밖에. 누굴 불러서 아프다고 징징대기엔 궁색하고, 그렇다고 안 아픈 것도 절대 아닌 그런 딜레마. 빨래에 청소에 할 일은 태산인데, 이 소중한 토요일 오후가 고스란히 숙취 달래기로 허비되게 생겼다. 고로, 더욱 피 같은 내일 일요일 오전부터 밀린 집

안일을 해야 한다. 내가 또 과음을 하면 인간이 아니라며, 하나마나 한 다짐을 또 하지만, 이건 지금 당장의 숙취 해소에 아무 도움이 되지 않는다.

아, 도대체 왜 이렇게 마셨지. 맞아, 어제 1차 끝나고 왔어야 했어. 아니, 그 자식이 날 도발하지만 않았어도. 그 한잔은 마시면 안 되는 거였어. 별로 남지도 않은 기억 속을 헤집고 다니다 해가 뉘엿뉘엿 넘어가는 걸 지켜보는 심정.

그래서 혼자 사는 사람이 소화제, 두통약, 초기감기약, 파스, 근육이완제 등을 미리 구비하듯이, 간단한 해장 제품을 마련해두는 것 역시 중요하다. 평소 술을 안 마신다고? 뛰어난 정신력으로 과음을 방지할 수 있다고? 사람의 일은 모르는 거다. 언제 어떻게 과음의 유혹이 우리를 덮쳐올지 모를 일이다. 세상이라는 게, 우리가 맨 정신을 유지하게끔 도와주는 존재가 아니지 않나. 이미 술잔을 꺾은 후엔, 늦었다.

미리 준비해둘 아이템엔 뭐가 있을까. 헛개수즙, 시원한 아메리카노 캔, 간단하게 끓일 수 있는 인스턴트 국밥&햇반. 술 깨는 약도 미리 사두면 좋다. 자신한테 맞는 해장 아이템을 찾아두는 건 무조건 중요한데, 나는 급한 마음에 블루베리 즙을 한 사발 들이켰다가 화장실을 온통 보랏빛으로 만든 적이 있다. 비슷하다고 해장에 도움이 되는 건 아니더라는. 시원한 물이 당긴다고 벌컥벌컥 마시는 것 역시 급성 위염을 악화시킬 수 있으니,

몸이 원하는 대로만 해서도 안 된다.

조금 힘이 난다고 집 밖에 나가 광합성이라도 하면 저 단전 아래에서부터 다시 술이 올라오기도 한다. 그래서 이때를 대비해 집 근처 쌀국수집, 북엇국 집, 햄버거 집 등을 알아두는 것도 중요하다. 안 그래도 하늘이 빙빙 도는데, 스마트폰 붙들고 혼자 갈 만한 식당을 찾는 것도 고역이니까.

단단히 탈이 나서 해장 음식을 먹을 수도 없겠다 싶으면 다음 코스는 동네 내과다. 동네 내과가 토요일 오후 몇 시까지 진료를 하는지 알아두는 건 중요하다. 단순히 위염 약을 처방받으라는 게 아니다. 그 정도는 약국에서도 해준다. 더 효과가 빠른 건 링거 주사다. 2시간 정도 링거를 맞고 나면 술이 확 깨면서, 북엇국 정도는 삼킬 수 있는 상태가 된다.

그런데 이 링거라는 것이, 점심시간에 가도 맞기 어렵고, 병원 문 닫기 직전에 가도 맞기 어렵다. 하지만 우리 몸이라는 것이, 잠에서 깨어나 취한 몸을 이끌고 겨우 병원에 도착하면 12시가 될까 말까 아니겠나. 점심시간엔 병원을 비우므로 링거를 줄 수 없다는 의사 선생님을 붙들고 하소연을 한 게 도대체 몇 번인지 모른다. 당직 체계가 있는 조금 큰 병원은 나은데, 동네 병원에선 쉽지가 않다.

그러니 링거를 맞을 수 있는 시간을 미리 알아두면, 병원에서의 실랑이를 줄이는데 도움이 된다. 다만, 이를 너무 자주 이용할 경우 몸에 좋진 않다는 걸 명심해야 한다. 알코올에서 쉽게 깨는 방법을 알아차리는 건, 아이러니하게도 알코올 중독에 쉽게 빠지게 하는 방법이라고 하니, 정말 위급할 때만 이용하도록 하자.

물론, 더욱 중요한 건 애초에 술을 마시는 마음가짐이다. 백해무익하니 끊어라, 줄여라, 하는 말은 않겠다. 다만, 내가 오늘 집에 못 들어가고 어디선가 실종이 돼도, 하루 안에 이를 알아챌 사람이 없다는 것. 그래서 아마도 가족과 함께하는 사람들보다 뒤늦게 실종 신고가 들어갈 수 있다는 걸 늘 기억해야 한다.

홀로 술을 깨면서 가장 등골이 서늘한 건, 탈수기에 들어가 있는 듯한 위장 상태가 아니라, 어젯밤 내가 큰 봉변을 당했을 수도 있다는, 그런데 그걸 이 세상의 그 누구도 눈치 채지 못했을 수도 있다는 사실이다. '잘 들어갔니?' 카톡 한 줄 없는 휴대폰이 이를 뒷받침한다.

사람마다 다르겠지만, 나는 이 냉혹한 현실이 지금 당장의 술을 깨고 정신 차릴 수 있는, 그리고 다음엔 과음을 하지 않겠다는 다짐을 하는데 가장 효과적인 방법이었다.

혼자가 무너지는 사소한 순간

옷장에서 화이트 원피스를 꺼낸다. 상표를 제거하고, 박음질에 이상은 없는지 한 번 더 살펴본 후 지퍼를 내린다. 이제, 내 몸통을 끼워넣고 예쁜 구두를 매치시키면 끝이다. 오늘 데이트를 위해 어제 급하게 장만한 원피스, 이제 이 옷이 제 역할을 다 해내서 오늘밤 그 남자의 방안에서 거칠게 벗겨지면 금상첨화다.

모든 건 순조롭다. 생리가 막 끝나서 피부 상태가 최고다. 당연히 메이크업도 잘 받았다. 지난주에 뿌리염색을 해서 헤어도 오케이. 다리 제모도 완벽하다. 복부 상태도 나쁘지 않다. 난 벌써 데이트에 대성공한 것 같은 기분이다.

몸을 꺾어 지퍼를 올린다. 힙 라인을 지나 등을 지나, 지나, 지나…… 엇, 손을 어깨 위로 꺾어 지퍼를 쥐어보려 하지만 내

손은 허공을 가를 뿐이다. 거울에 내 맨등이 훤하게 비친다. 젠장. 어제 매장에선 직원이 지퍼를 올려줬었지.

등 뒤에서 팔을 마구 휘젓다가 어깨에 급격한 통증을 느끼며 침대에 털썩 주저앉는다. 한 번 더 시도해보지만, 손끝은 지퍼를 살짝 스칠 뿐이다. 손목, 팔꿈치, 어깨, 척추, 안 아픈 데가 없다. 약속시간은 다가온다. 누워도 보고 뛰어도 보고 벽에 문질러도 보다가, 결국 바지로 갈아입는다.

데이트를 30분 앞둔 상태에서 나에게 자주 발생했던 일이다. 내가 약속 시간에 늦었다면, 십중팔구 이런 일들 때문이었다.

더 난감한 건 벗겨지지 않을 때다. 어찌 어찌 원피스를 입고 외출했는데, 집에 돌아오니 어깨가 뻣뻣해지면서 도무지 지퍼를 쥐고 내릴 수가 없다. 옷을 잡아당기고, 펄럭이고 거의 한 시간을 씨름하다가 결국 그 비싼 옷을 입고 잠들어버린 기억도 꽤 있다.

한번은 이런 적도 있었다. 아직은 어색한 초창기 데이트 시기. 예쁘게 보이겠다는 일념으로 원피스를 입고 나갔는데, 데이트가 끝나갈수록 이걸 혼자 어떻게 벗지 걱정이 되는 거다. 집 앞에서 굿바이 인사를 하다 말고 그에게 지퍼를 내려 달라고 부탁했다. 사실, 그럴 의도는 아니었는데 꽤 도발적인 유혹이 됐다.

어색한 관계인 남자한테도 그러는데, 친구는 뭐 대수겠나. 헤어지는 길에 지퍼를 10센티미터만 내려 달라고 해서는 긴 생머리로 가리고 택시를 타고 오는 경우가 허다했다. 이럴 때, 긴 생머리는 정말 유용하다.

그렇게까지 하면서 꼭 원피스를 입어야 하냐고 묻는다면 딱히 이유는 없다. 원피스주의자만이 알아들을 수 있는 원피스의 매력이 있다. 나는 색깔 매치에 젬병이다. 상의와 하의를 맞춰서 입는 게 너무 힘들다. 색깔을 겨우 맞추고 나면 질감이 안 맞고, 질감을 맞추면 계절감이 안 맞는다. 여기에 구두에 가방까지 매치할 생각을 하면 아침부터 머리가 지끈거린다. 원피스는 이 골칫거리 중 상당 부분을 해결해준다. 가끔 그 위에 재킷을 입어야 해서 곤혹스럽긴 하지만, 블랙, 화이트, 베이지 재킷만 하나씩 갖고 있으면 비교적 쉽게 코디할 수 있다.

오랜 방황 끝 나의 결론은 지퍼 없는 원피스다. 앞에 단추가 있는 원피스나, 아예 훌렁훌렁 벗을 수 있는 캐주얼한 원피스가 정답이다. 단추가 달린 건 뱃살이 조금만 쪄도 단추 사이가 벌어지면서 대참사를 일으킬 수 있다는 단점과 캐주얼 원피스는 "네가 스물한 살인 줄 아냐?"는 질문을 가끔 받는다는 단점이 있지만, 뭐 극복 가능하다.

그래도 정말 안 사고 못 버티는 지퍼 원피스가 가끔 있긴 하다. 혼자 지퍼를 잠궈 보고 안 되면 절대 안 사야지, 하는 마음으로 매장에 들어서지만 대부분은 그 결과와 관계없이 새 원피스를 득템하고 나서게 마련이다. 덕분에 몇 번 입지도 않은 채 나에게 간택되기만을 바라는 원피스가 수벌씩 옷장에 걸려 있다.

아주 후회하진 않는다. 데이트 때 상대를 도발하기 위한 꽤 괜찮은 방법이 생긴 거니까. 다만, 그 상대가 나타나지 않았을 뿐이다. 이번에 생기면, 이번에 생기면, 그러면서 원피스만 늘어가고 있다.

친구들에게 물어보니, 혼자서도 원피스를 잘도 입었다 벗었다 하는 애들도 있었다. 그런 친구에게 이번 장은 아무 짝에 쓸모없는 내용일지도 모르겠다. 언젠가 도수치료를 해준 선생님이 그랬는데, 내 어깨가 유독 안으로 굽어 있다고 했다. 평생을 주눅 들어 살아서 그런가 보다.

어깨가 밖으로도 잘 휘어져서 원피스 입는 게 아무 일도 아닌 사람에게도 혼자서 절대 못하는 사소한 일이 분명 하나 정도는 있을 것이다.

더 고백하기 민망하지만, 나는 하나 더 있다. 통조림, 병뚜껑 따기다. 연약한 척하는 게 절대 아니다. 어디서 뚜껑을 따달라고 부탁하면 대체로 "어디서 수작이야" 이런 눈길이 돌아오는데, 절대 연약한 척이 아니라 그냥 손목이 그렇게 생겨먹은 거다. 팔힘도 세고, 손아귀 힘도 센데, 이상하게 뭔가를 쥐고 돌려야 하는 동작에선 바보가 된다.

박카스 병은 정말 성공하기가 어렵다. 액체로 된 소화제가 이런 병에 주로 담겨 있는데, 급한 맘에 샀다가 소화도 안 되고 뚜껑도 안 열리고 진짜 혈압이 올랐던 게 한두 번이 아니었다. 그럴 때는 얼굴에 철판을 두르고 편의점 알바생에게 열어 달라고 하는데, 정말 많이 뻔뻔해야 한다.

"나 공주병 아니야!!"

냉장고에 생수를 잔뜩 사다놨는데 뚜껑을 못 열어서 못 마시는 상황. 예쁜 원피스를 사고도 결국 바지로 갈아입어야 하는 상황. 참치 캔 뚜껑을 못 열어서 캔 통째로 덩그러니 식탁 위에 올려놓고 밥만 먹는 상황. 시트콤 같다고 볼 수도 있지만, 당사자에게는 절망적인 무력감이 덮치는 상황이다.

언젠가 농담 반 진담 반으로 그런 말을 한 적이 있다. 내가 어느 날 갑자기 결혼을 선언한다면, 그건 내가 병뚜껑을 따면서 원피스를 입어야 할 일이 생겼다는 증거라고. 솔직히 80퍼센트는 진담이다. 사람이 필요한 건 뭐, 영혼을 나누거나 마음의 안식을 찾기 위해서만은 아닐 것이다. 그야말로, 지퍼를 올려주고 뚜껑을 열어주고, 내 폰으로 전화를 해서 어딘가 숨어 있는 내 휴대폰을 찾아줄 사람이 필요한 거다.

멀쩡하게 잘만 버티던 '혼자'의 삶은 이렇게 사소한 순간에 무너진다.

일요일 아침엔 샤워를 하자

○

주5일제가 정착되고 나서, 일요일 저녁쯤이 되면 어김없이 찾아오는 고민이 하나 있다.

'머리를 감아야 할 것 같은데 어쩌지?'

몇 시간 자고 일어나면 월요일 아침일 테고, 그 말은 어차피 또 머리를 감아야 한다는 뜻이니까. 그렇다고 참고 있자니 머리 가려움이 한계치에 도달하는 느낌. 가려운 거야 무시할 수 있겠지만, 안 그래도 머리카락이 점차 얇아지며 탈모의 공포가 드리워지고 있으니 새벽 2시라도 자다가 벌떡 일어나 머리를 감아야 할 것 같은 기분이 든다.

생각해보면, 이 고민이 처음도 아니다. 지난주, 지지난주에도 그랬다. 토요일, 일요일 이틀간 씻을 일이 전혀 없이 집에서 뒹

굴다가 일요일 밤이 돼서야 머리가 가렵네, 이러는 거다. 이는 필히 다른 차원의 생각으로 옮겨간다. 아무리 푹 쉬고, 잘 먹고, 편한 주말이었다 해도 내 인생이 심각하게 잘못 돌아가고 있음을 깨달으며 영혼 저 깊은 곳에서부터 불안해진다.

'나 혼자, 쓸모없는 주말을 보냈다!'

지금도 밖에서는 사람들이 지하철을 타고, 외식을 하고, 다른 사람들과 친목을 나누고 있을 텐데. 썸을 타고, 영화를 보고, 모텔에 빈 방이 없도록 가득 들어차서 사랑을 나누고 있을 텐데. 나 혼자 고립된 방안에서 TV만 틀어놓고 두피에 기름만 차곡차곡 모아온 것이다.

이런 기분까지 느끼지 않아도 일요일 밤은 충분히 힘겹다. 지긋지긋한 일더미로 빨려들어가 또다시 평일 5일을 버텨야 하는 월요일이 다가오니까. 그런데 이번 주말마저 엉망이었다는 것을 뒤늦게 깨닫는 일은 정말이지 피하고 싶다.

푹 쉬고도 찜찜한 이 기분을 피하는 방법은, 내가 알기론 샤워가 유일하다. 휴일 아침, 일찍 씻으면 하루가 길어진다. 씻은 게 아까워서 뭐라도 하게 된다. 책상에 앉는 자세부터가 달라진다. 집안일을 해도 보다 활기차고, 하다못해 다시 누워 자더라도 일어났을 때 기분이 다르다. 그날 밤, 가려운 머리를 벅벅 긁으며 밖에서 열심히 '활동' 중인 사람들에게 자격지심을 갖지 않게 된다.

생각해보면 또 주말 내내 밖으로 쏘다닌 게 뭐 그리 대단한 일도 아니다. 그래 봤자, 우리도 다 아는 그 일들이다. 영화를 보거나 벚꽃이나 단풍을 보겠지. 여기 영화 보러 극장에 안 가본 사람? 단풍이 어떻게 생겼는지 모르는 사람?

일을 했다고? 데이트를 했다고? 뭐. 자고로 회사 일이란, 평일에 다 마치는 게 진정한 실력이고(정말?) 진짜 사랑하는 사이라면 연인이 주말에 푹 쉬도록 해주는 게 진정한 배려(정말?) 아니겠나. 파스타 맛도 모를 갓난아이를 둘러업고 코엑스를 점령하는 게 무슨 의미가 있으며, 어차피 미적지근한 썸으로 끝날 인간한테 비싼 밥값을 바칠 이유가 대체 무엇이란 말인가.

그에 비하면 몸과 마음을 싹 비우고 무념무상의 경지에 오른 우리의 주말은 더 이상 알찰 수가 없다. 평일 내내 우리 몸을 괴롭힌 MSG와 진상들과 파운데이션과 미세먼지로부터 완전히 벗어나는 순간. 어찌 보면 이 '스케줄'이야말로, 우리의 일생을 구성하는 가장 핵심적인 요소이다. 바로 이 스케줄을 위해서 평일 5일을 버티는지도 모를 일이다.

그러므로 주말 활동가들에게 주눅이 들거나 자격지심을 가질 필요는 전혀 없다. 내 주말은 대체 왜 이런가 자책할 필요도 없다. 아무것도 안 보고 아무도 안 만나고 아무것도 안 사는 것도, 엄연한 '스케줄'이다. 오히려 더 중요하다.

그러니 아침 일찍 씻기만 하면 된다. 씻고 출근해서 일을 하듯이, 씻고 (집으로) 출근해서 너무나 중요한 (아무것도 안 하는) 스케줄을 소화한다. 지치고 복잡한 내 몸과 마음에 기꺼이 휴식을 주는 일이다. 씻지도 않고 뒹굴며 하루를 보내고 나면 게으르고 더러운 자신에게 자괴감이 들 수 있지만, 평소와 다름없이 아침을 열고 난 후 기꺼이 소화한 뒹굴거림은 100퍼센트 내 의지로 선택한 나의 신성한 일과가 된다. 꼴이 말이 아니라서 사람을 못 만난 게 아니라, 내가 휴식을 취하느라 바빠서 사람을 안 만난 거다. 매우 사소한 이 차이가 일요일 밤의 내 기분에 적지 않은 영향을 미친다.

물론, 쉬는 날 눈뜨자마자 씻는 게 결코 쉽지 않다. 전날 밤 늦도록 화끈하게 놀았다면 더욱 그렇다. 늘 잠이 모자란 사회 초년생 때는 더더욱 그렇다. 그래도 떡진 머리에 개기름 좔좔 흘리며 오후 4시에 일어나는 것과 8~9시에라도 일어나서 샤워를 하고 다시 낮잠을 자서 오후 4시에 일어나는 건 굉장히 다르다.

이렇게 휴식도 별도의 일정이라 생각하고, 주말 스케줄을 정리하는 습관을 가진다면, 1년에 50일 이상을 다른 기분으로 마무리할 수 있다. 이거, 삶의 질에 있어서 꽤 중요한 일이다.

당당한 혼밥

○

“몇 분이세요?”

종업원 입장에서는 자리 안내를 위한 일상적인 질문이란 걸 너무나 잘 알지만 매번 울컥하고 만다.

“네! 저 혼자 왔어요! 같이 먹을 친구가 없어서 혼자 왔어요!! 주제에 또 맛집은 따져서 여기까지 혼자 걸어왔어요!!”

이 말이 목구멍까지 올라온다. 내 인간관계에는 요만큼도 관심 없을 종업원에게 나도 모르게 신경질적으로 검지손가락을 하나 펴서 급하게 1을 표현하고는 서둘러 자리에 앉는다.

“네! 한 분이면 여기 앉으세요!!!!”

종업원의 목소리가 유독 크게 느껴지는 건 기분 탓이겠지.

수시로 밖을 빨빨거리고 돌아다녀야 하는 직업이다 보니, 시간이 붕 떠서 혼자 끼니를 해결해야 할 때가 많다. 어렸을 때야, 일에 치여서 한 끼 정도 스킵하고 지나도 별 문제는 없었지만 3년차가 넘어설 때쯤 바뀌었다. 이것도 다 먹고 살자고 하는 짓인데, 선배 너는 짖어라, 난 밥 좀 먹어야겠다, 모드가 된다. 옆에 노트북을 켜놓고 성질 가득 난 얼굴로 북엇국이나 순댓국밥 따위를 후루룩 흡입하는 여자를 본 적이 있다면, 자신한다. 그 여자가 바로 나다.

요즘은 혼자 밥 먹는 사람이 그리 이상할 것도 없지만, 누구에게나 처음은 있다. 이게 이상한 짓이 아니란 걸 스스로 충분히 납득시켰는데도, 처음부터 끝까지 시종일관 어색하고 누가 툭 건드리기만 해도 열등감이 폭발할 것같이 서럽다.

특히 실제 '친구가 없어서' 식당에 혼자 들어서게 됐을 때 더 그렇다. 똑같이 혼자 식당에 들어서도, 일이 바빠서일 때와 여기저기 친구들을 섭외하다 실패해서일 때는 기분이 상당히 다르다. 생각해보면, 다들 바쁘고 바쁜 이 시점에, 내가 같이 밥 먹을 사람 없다고 쪼르르 달려와 주는 사람이 비정상적으로 한가하긴 한 건데, 어디 뭐 '혼자'라는 기분이 그렇게 객관적이고 논리 타당하게 찾아오는 건 아니다. '그럼에도 불구하고' 주린 배를 달래겠답시고, 휴대폰을 친구 삼아 고개를 푹 숙이고 있는 내가 너무나 안쓰럽다.

더구나 그 '혼밥'이 절실히 필요한 순간이, 적당히 허기가 지거나 모처럼 브런치를 먹고 싶을 때가 아니라, 얼큰한 국물로 해장을 해야 하거나, 국밥 한 그릇은 원샷해줘야 간에 기별이 갈 것 같은 극도의 배고픈 상황이라는 점에서 더욱 그렇다. 삼삼오오 모여서 수다와 함께 식사를 즐기고 있는 좁은 식당에서, 맞은편을 비워두고(가끔은 원치 않는 합석의 가능성까지 열어두고) 두 눈을 음식에만 고정한 채 허기를 달래는 이 동물적 순간. 식사는 함께하는 것이라는 사회적 합의(우리가 진짜 합의를 했는가 하는 문제는 차치하고) 따위, 눈앞에서 보글보글 끓고 있는 찌개 한 숟갈에 눈 녹듯 사라지는 순간. 동물적 본능에 충실한 나를 확인하는 건 언제나 그렇듯, 쌉싸름하다.

왜 이런 순간에 나는, 간단하게 맥도널드 햄버거나 편의점 도시락으론 아무 만족감을 느낄 수 없는 동물이란 말인가.

하지만 모든 건 익숙해진다. 매번 내 뒤를 흘깃 보며 몇 명이냐고 묻는 종업원도, 들릴 듯 말듯 '국밥 하나요'를 소심하게 말하는 기분도, 왠지 모르게 날 두 번 이상 쳐다보는 것 같은 손님들도, 이럴 때면 반드시 울리지 않는 휴대폰도.

즐기게 되는 순간도 온다. "보기보다 많이 드시네요"라는 말을 듣지 않고 1인분을 더 시킬 수도, 깍두기와 김치를 리필해가며 고춧가루로 치아를 범벅시킬 수도 있다. 무엇보다, 먹는 데 집중하고 싶은데 상대가 입을 열어서 어쩔 수 없이 숟가락을 도로 내려야 하는 순간이 없다. 마침 입안 한가득 순대를 물었는데 질문이 떨어져서, 반도 씹지 않은 채 꿀꺽 삼키고 "네"라고 하나마나 한 대답을 하는 순간도 없다.

난 맛만 좋은데, 이 집 양념이 어쩌니 중국산 김치가 어쩌니, 밥맛 떨어지는 소릴 해대는 친구도 없고, 계산은 네가 할 거지 하는 눈으로 계산서를 내게 슥 밀어놓는 남자친구도 없다.

물론 가장 꿀맛은 평일 점심시간, 혼자 먹는 밥이다. 처음 선배들이 날 빼놓고 밥 먹으러 갈 때면 내가 이 회사에서 투명인간이라도 된 건가 싶어서 눈물이 왈칵 났지만, 이젠 제발 날 보지 말아주길 기도하는 심정을 알게 됐다. 하루 종일 드글드글 볶이는데, 점심시간만이라도 해방되고 싶은 마음. 더구나 내가 선배가 돼 보니, 후배가 싫어서 두고 나가는 게 아니라 진짜 정신이 없어서 누가 따라나섰는지도 모를 때가 많더라는 것. 나는 자발적으로 대열에서 이탈해 다른 누군가의 상사이자 후배일 낯선 직장인들 틈에 둘러싸여 혼밥을 즐기곤 했다.

딱 걸리지만 않으면 다행인데, 아무래도 회사 반경이 다 그렇고 그렇다 보니, 가끔은 매우 어색한 재회를 하기도 한다. 대학 인턴 시절, 나는 상사와 함께 있는 시간을 조금이라도 줄이고자, 점심시간마다 속이 안 좋다고 둘러대곤 했었다. 그러고는 스타벅스 구석에 앉아서 베이글을 먹으면서 버텼는데, 어느 날은 마침 밥을 스킵하고 곧바로 스타벅스로 온 상사들과 무더기로 마주쳐서 표정 관리가 안 됐던 적이 있다. 내 탁자 위에 베이글이 너무나 종류별로 산더미같이 쌓여 있었음은 물론이다.

너와 밥을 먹지 않겠다는 것은, 너에게 호감이 없음을 보여주는 가장 극명한 장치 아닐까. 딱 그날 이후라고 보긴 어렵지만, 이후의 인턴 생활은 그리 행복하지 못했다.

그리고 난 최근, 회사의 모든 구성원이 내 후배로 이뤄진 상태에서 일을 하게 됐다. 상사의 역할이란 자고로, 굶주린 후배들을 배불리 먹이는 것이라는 구시대적 교육에서 자유롭지 못한 나는 꽤 자주 "밥 먹고 갈래?"라는 질문을 내뱉곤 했다. 후배들의 미묘한 표정을 보고서야, 스타벅스 구석에서 베이글을 물어뜯던 나를 떠올렸다. 하물며 점심도 아니고 저녁이라니! 퇴근길에 만석 식당의 한가운데 혼자 앉아 밥을 먹는 한이 있어도 피하고 싶은 일이 아닐까.

나는 짐짓 '그래, 너네 심정 다 알아' 하는 표정을 짓고는, "나도 약속 있거든!"이라고 외치곤 했다. 진짜 없어 보이는 짓인데, 사실 진짜 약속이 있는 경우가 더 많았다. (끝까지 자기위안) 하지만 정말 저녁 상대를 물색해야 하는 날도 있다. 그럼 정말 목숨을 다 바쳐 찾고 싶다. 내가 밥 먹자고 하면 너무나 신나 하면서 "같이 먹자!"고 할 사람. 한번 그렇게 기스가 난 날은 정말 혼밥이 싫으니까!! 혼자서 뻔질나게 드나들던 그 식당도 왠지 나를 새삼 불쌍하게 볼 거 같으니까! 점심 혼밥은 시크해 보이지만, 저녁 혼밥은 진짜 외로워 보이니까! 이 세상 모두가 이혜린 쟤, 오늘 저녁 누구랑 먹나 보자, 이러고 있는 거 같으니까!

생각해보면, 내가 일 관련 미팅을 주로 술자리로 만들었던 게 바로 이 같은 상황을 원천봉쇄하려는 무의식적인 노력이 아니었나 싶다. 술도 안 좋아하고, 시끌벅적한 분위기도 싫어하고, 안

친한 사람과 먹는 밥도 싫어하는 내가 말이다. '혼밥'을 피하기 위해 워커홀릭이 되는 슬픔이라니.

이 쓸쓸한 선배의 마음을 아는지 모르는지, 어쩌다 해맑게 따라나서는 후배들이 유독 더 예쁜 걸 보면 나도 이렇게 꼰대가 되어가나 싶기도 하다. 아흐.

5. 고독

기꺼이 품에 안고

지금 나는 외롭다. 사람들의 관심을 받고 싶다. SNS에서의 안부 인사말고 진짜 '연결'을 느껴보고 싶다. 인정하면 된다. 그래야, 외롭고 사람들의 관심을 갈구하는 지금 이 상황이 오히려 비참하지 않다.

《상황》
어디까지
외로워봤니

외로움을 받아들이는 방법

○

내 스트레스가 심각하다고 느끼는 건 주로 다른 사람들과 엮일 때다. 똑같은 상사가 똑같은 지시를 내리는데, 확 들이받고 싶을 때. 내가 먼저 카톡을 보내서 답이 온 건데, '까똑' 소리가 자꾸 난다고 혈압이 치솟을 때. 굉장히 반가워야 할 안부 전화에 잔뜩 가시가 선 말로 성질을 내게 될 때.

아! 지금 정상이 아니구나, 하고 어렴풋이 깨닫는다. 그런다고 뭐 특별한 일을 행동에 옮기는 건 아니다. 그냥, 스트레스에 지배를 받고 있는 상태이니 더 이상 사고는 치지 말자고 생각하는 정도다.

그렇다 보니 완전히 혼자일 때는 내 스트레스 지수를 판단하기 어렵다. 가만히 있어도 짜증이 나는 게 외로워서인지, 어떤 다른 스트레스 때문인지 불명확하다. 먹어도 먹어도 배가 고픈 게 심심해서인지, 어떤 다른 스트레스 때문인지 알 수가 없다. 양 200마리를 세도록 잠에 들지 않는 불면의 밤과 예능 프로그램을 보다가도 눈물이 뚝뚝 흐르는 이상한 경험도, 그저 내가 혼자이기 때문인지 다른 스트레스가 있어서인지 구분하기 어렵다.

그래서, 그다음 단계는 필사적으로 누군가를 찾는 일이 되는데, 그제야 내 스트레스의 원인이 단지 '혼자'여서는 아니라는 걸 깨닫는다. 시끌벅적한 동창 모임도, 그럭저럭 괜찮은 썸남과의 데이트도, 필름이 끊기도록 마셔대는 술자리도, 해결책이 돼 주지 못하기 때문이다.

이 답답한 심경을 누군가에게 말해봐야 '넌 짝이 없어서 그래', '오랫동안 혼자 살아서 그래'라는, 똑같은 답변만 돌아올 뿐이다.

정답을 알 수 있는 사람은 '나'밖에 없다. 과중한 업무? 불안한 미래? 영양 불균형? 여러 원인이 복합 작용했는지, 최근 대수롭지 않게 넘긴 일이 트라우마로 남아버렸는지, 수시로 자신을 돌아보고 살펴봐야 한다. 나에게 "무슨 일 있어?"라고 따스하게 물어줄 사람은, 나밖에 없다.

나도 여기까진 잘했다. 문제는 그다음이다. 내가 스트레스를 푸는 방법은 지극히 자기파괴적이었다. 어디 그대로 사라져도 모를 정도로 술이 떡이 되도록 마셔대거나, 피똥 쌀 정도로 매운 음식을 폭풍 흡입하는 것이다. 의사가 하지 말라는 짓은 골라서 다 하고, 남자친구가 봐선 안 될 장면도 만들어내고, 내 커리어를 망가뜨릴 수 있는 위험천만한 결정을 내리고 낄낄대기도 했다.

누군가 나타나서 "그만 좀 해"라고 해주길 바라듯, 나는 스트레스를 푼다는 명목하에 더 많은 스트레스를 유발하고 다녔다. 그 과정에서 많은 친구를 잃었고, 업무상 손실을 봤고, (지금 생각하면) 착한 애인을 떠나보냈다.

그리고 바닥에 내쳐졌을 때, 진짜 바닥을 치고 피를 질질 흘리고 있을 때, 진짜 그 누구도 내게 관심이 없다는 사실을 깨닫고 나서야 나는 툭툭 털고 일어날 수 있었다. 내 발로 병원을 찾아가고, 새로운 업무를 구상하고, 사람들에게 친절할 수 있는 여유를 되찾았다. 누가 잡아줄 거라는 기대를 완전히 없애면, 신기하게도 혼자 곧잘 선다. 그때마다 깨달았다. 나는 '혼자'이고 싶지 않아 떼를 쓴 것이었다. 누가 날 걱정해주길, 내 고민을 제대로 들어봐주길, 내 혼란을 똑같이 느껴주길 바랐던 마음이 좌절돼 잔뜩 삐뚤어진 것이다. 동창 모임에서, 데이트에서, 술자리에서 해결이 안 됐던 건 내 스트레스가 다른 이유였기 때문이어서가 아니라, 내 스트레스를 제대로 이해해주는 사람이 없었기 때문이었다.

아무리 다른 스트레스로 인해 촉발됐다 하더라도, 결국은 '혼자'가 핵심이다. 회사 스트레스든, 성공 스트레스든, 내 스트레스를 100퍼센트 이해하고 공감할 사람이 없다는 것, 그게 핵심이었다.

그러고 보면 '넌 짝이 없어서 그래', '오래 혼자 살아서 그래'라는 사람들의 무성의한 답변이 정답이었는지도 모른다.

독립적인 인격체라고 자부하는 나로서는 이를 받아들이기까지 꽤 오래 걸렸다. 괜한 반항심에, 보통 사람들의 사랑, 우정, 공동체 따위 필요 없다고, 그거 다 있으나 마나 한 거라고, 열심히 냉소했지만, 고강도의 스트레스 상황에서 나 역시 비비고 싶었던 건 사랑, 우정, 공동체 따위였던 것이다. 물론, 내 판타지 속 사랑, 우정, 공동체는 실재하지 않았고, 혼자 피를 질질 흘리고 일어나서는 내 '쪽팔림'을 무마하기 위해 더욱 냉소적인 인간이 되고자 하는 악순환을 겪었다.

이렇게 수십 년을 살다보니, 극도의 판타지를 꿈꾸면서 세상 가장 재수 없게 냉소를 해대는 이상한 사람이 됐다. 누구보다 사람을 싫어하면서, 너무나 간절하게 사람을 필요로 하는 사람이 됐다. 한마디로, 피곤한 인간이다.

그래도 연륜은 무시할 수 없는지 이 널뛰는 감정을 (아주 조금) 추스를 수 있게 됐다. 지금 내가 하고 있는 이 미친 짓이, 세상을 향한 투정이라는 점을 받아들이게 된 것이다. '나는 사람 필요 없다니까!'에서 '그래, 아닌 척했는데 누군가 봐주길 바라나봐'로. 이건 중요하다. 예전처럼 꼭 끝까지 가보지 않고도, 방향을 틀 수 있게 됐으니까. 내가 지금 하고 있는 이 파괴적인 짓이, 내 스트레스 해소에 도움이 돼서가 아니라, 나를 더 파괴함으로써 누군가의 보살핌을 유도하기 위해서라는 것을 알게 됐으니까. 그 보살핌은, 어차피 내가 100퍼센트 만족할 만큼 쏟아질 리 없으니, 애초에 빨리 방향을 돌리는 게 내가 살 방법이라는 걸 깨닫게 되었다.

그리고 사람들도 이해하게 됐다. 사귄 지 몇 달쯤 됐다고 자신의 이미지 손상은 아랑곳없이 온갖 가정사를 고백하던 남자친구부터, 나라면 절대 말하지 못했을 치부를 드러내며 겸연쩍게 웃던 친구까지. 나는 그때 그냥 닥치고 들어줬어야 했던 것이다. 팔짱을 끼고 시시비비를 가릴 게 아니라.

지금 나는 외롭다. 사람들의 관심을 받고 싶다. SNS '좋아요'나 안부 카톡 말고 진짜 '연결'을 느껴보고 싶다. 인정하면 된다. 그래야, 외롭고 사람들의 관심을 갈구하는 지금 이 상황이 오히려 비참하지 않다. 애써 아닌 척하는 것만큼, 꼴사나운 게 없다.

TV와 대화하는 미친 짓

○

아침에 일어나 휴대폰을 보고 깜짝 놀라는 것은 보통 술과 관계가 있다. 전화를 걸어선 안 될 상대가 통화목록에 떠 있다거나, 어마어마한 술값이 결제돼 있거나…….

최근에 한 가지 경우를 추가했다. 술에 취하지 않고도 이상한 짓을 할 수가 있다. 매우 심심한 밤에는.

홈쇼핑이었다. 문자메시지함에 가득 채워진 홈쇼핑 결제 알림을 목격하고 아연실색했다. 브래지어 세트, 자외선 차단제, 다이어트 음료까지. 새벽 1시부터 2~3시까지 방송하는 아이템 중에 나랑 관계가 있다 싶은 건 죄다 지른 것이다. 잠이 쏟아지고 있는 와중에, 쇼핑 호스트들의 말에 홀려 휴대폰 버튼을 눌러댄 기억이 날 듯 말 듯했다.

호스트들의 스킬은 실로 대단하다. 이들은 내가 어떤 드라마를 보다가 채널을 돌렸는지도 안다. 지금 저 제품을 보면서 무엇을 의심할 것인지 안다. 평소 어떤 콤플렉스를 갖고 있는지도 안다. 나는 마치, 소울메이트를 만난 양 두 눈을 동그랗게 뜨고, 호스트의 말 한마디 한마디에 귀를 쫑긋 세운다.

호스트 옆의 패널은 더욱 나를 끌어들인다. 그들은 호스트의 말에 열심히 맞장구 치고, 코믹한 리액션을 덧붙이면서 마치 우리 셋이 수다 한바탕을 벌이고 있는 듯한 느낌을 준다. 두 사람이 주고받는 만담에 함께 폭소하고 고개를 끄덕이면서, 설득 당하고 만다. 저건 꼭 사야 해!

이토록 '급' 친하게 느껴지는 건 이들이 내 친구들보다 더 솔직하기 때문이다. 이들은 브래지어 옆에 삐져나온 살을 손으로 집어 보여주고, 쿠션 팩트를 화장 솜으로 지운 채 시뻘건 홍조 가득한 뺨을 보여준다. 뱃살에다 진동 운동 장치를 갖다 붙이거나 양념 게장을 게걸스럽게 먹어치우는 모습은 애인에게도 보여주지 않을 것 같다. 내가 요즘 만나고 있는 사람들과는 절대 나아갈 수 없는 경지이다.

내가 지금 저 물건을 사는 게, 정말 저 물건 때문인지, 지금의 이 '대화'가 너무나 즐겁기 때문인지 나도 헷갈린다. 어쨌든 산다. 사고 만다. 혼자 쓰기엔 너무나 버거운 양의 물건들이 도착해서, 주위 사람들에게 하나씩 억지로 떠안겨주면서야 '다신 안 사야지' 하지만, 외로운 밤은 언제든 덮치게 마련이다.

그래도 홈쇼핑은 좀 낫다. 드라마나 예능을 보다가 어느새 대화를 나누고 있는 나와 마주하면, 정말 미친 것이 아닌가 의심이 든다. 남자 주인공이 박력 있게 키스를 퍼부을 때 나도 모르게 "어, 완전 대박이지 않냐!"라며 호들갑을 떨다가 이 방안에 나 혼자 덩그러니 있음을 깨달은 경험이 한두 번이 아니다. 개그맨의 화려한 드립을 보고 "쟤 너무 웃긴다"라고 무심결에 말했다가 나 혼자라는 사실을 뒤늦게 깨달은 경험도 있다. 혼자 TV를 보다가 리액션을 하지 말라는 법은 없지만, 그 리액션이 '대화'의 성격을 띠고 있을 때의 그 당혹감이란.

한동안 연예부 기자들을 너무나 힘들게 한 기사 유형이 있다. 바로, TV에 나온 임팩트 있는 방송 내용을 기사화해서 실시간으로 보도하는 것이다. 2008년쯤 한 매체가 시작해서 트래픽 대박을 터뜨리자 너도 나도 시작해서, 지금은 거의 모든 기자들이 따라하고 있다. 'TV 감상문이나 쓰려고 기자 됐냐'는 댓글은 물론이고, 인기 프로가 집중되는 밤 시간에 노트북을 켜놓고 대기해야 한다는 사실이 너무나 짜증나지만, 누구도 그만둘 엄두를 못 내고 있다. 정말, 트래픽이 제일 높기 때문이다. 도대체 사람들은 왜 방금 TV로 본 내용을 굳이 또 기사로 보는 걸까!

이후 혼자의 시간이 길어지면서, 그 트래픽의 정체를 알게 됐다. 기사 내용이 중요한 게 아니었다. 제목도 아니었다. 그냥 지금 내가 본 TV의 소감을 올리고, 남의 소감을 엿볼 공간이 필요했던 거다. 그래서 중요한 건 포털사이트 기사 밑에 자리한 댓글란이었다. 남들은 저 배우의 연기를 어떻게 봤나, 저 가수의 무대를 어떻게 씹고 있나, 댓글을 열심히 읽어댔고 그게 고스란히 기사의 트래픽이 된다. 기자들은 그냥 그 멍석을 깔아주는 역할을 할 뿐이다.

이 소모적이고 아무 보람 없는 일을 관두자 싶었지만, 나 역시도 재밌는 혹은 진짜진짜 재미없는 프로그램을 보고는 기사 밑 댓글란을 기웃거린다는 점을 인정해야 했다. 그 트래픽을 대체할 특종은 가져올 능력이 없으니, 그냥 내 당직이 하루라도 적게 짜이길 기도하는 수밖에 없었다. 뭐, 다 하는데 나 혼자 못한다고 하기도 애매했다. (여러분은 지금 무능력한 기자의 비겁한 변명을 보고 계십니다.)

어쨌든 그 어마어마한 트래픽은 아주 조금 위안이기도 했다. TV를 보고 나서 어딘가 나불거리고 싶은데, 그 상대가 없는 사람이 나쁜은 아니구나.

어차피 미친 것 같은데, 조금 더 확실하게 미쳐보는 것도 괜찮다. 나는 이같이 허전한 TV 감상이 계속되자, 아예 인형을 하나 샀다. 섹스돌은 아니고(어떤 촉감인지 궁금하긴 하다) 요즘 유행하는 모바일 메신저 캐릭터 인형인데, 얘를 옆에 앉혀두고 TV를 본다. 그냥, 무심결에 나오는 내 리액션이 '덜' 무안하게 해주는 역할이다. '저 남자 완전 잘생겼다!'고 허공에 외치는 게 더 미친 건지, 갈기 없는 사자 캐릭터 인형한테 외치는 게 더 미친 건지는 잘 모르겠다만, 어쨌든 그렇다. 띠동갑 연하 남자 배우의 키스신을 수십 번 돌려보는 것 자체가 미친 짓이니, 더 이상의 논의 자체가 의미 없는 것일 수도 있겠다, 에휴.

SNS

페북 '좋아요'가 내게 미치는 영향

○

'남들의 시선 따위 신경 안 써!'

이 허세는 SNS를 시작함과 동시에 와르르 무너진다.

남들이 보든 말든 내 감정을, 내 생각을 배설하는 것뿐인데, 그것이 '띵' 하고 페이스북에 게재되는 순간, 내 완벽하고 유쾌한 일상사는 만천하가 주목하는 공개재판대에 올라선다.

1시간 전에 게시됐습니다.

좋아요 2.

댓글 0.

탕! 탕! 탕!

나의 인기 없음이 이렇게 구체적으로 판결 내려지는 순간. 그제야 이걸 지우면 이 판결이 무효로 돌아가지 않을까 고민을 시작한다. 이렇게 해서 슬그머니 지워진 내 글과 사진들이 미운오리새끼마냥 내 휴대폰 한 카테고리에 자리하고 있다.

그리고 한 가지 진리를 발견했다.

내 얼굴 사진보다 곱창 사진이 적어도 3배 이상의 '좋아요'를 받는다.

비참한 기분을 애써 모른 척하며 다시는 SNS에 글이나 사진을 올리지 않겠다고 다짐하지만, 센치한 밤은 언제든 돌아온다. 여느 아이돌 가수들이 그러하듯이 SNS에 사진 한 장 올리고 어떤 댓글이 달리는지 두 눈을 부릅뜨고 시간을 보내곤 했다. '아름다우십니다', '여전하시군요' 등 육성으로 인사를 나눠본 지 얼마나 됐는지도 모를 페친들의 영혼 없는 칭찬 몇 마디를 주워듣고서야 콩알만 한 자존감을 끌어안고 잠에 들 수 있었다.

이게 다 뭐 하는 짓인가. 어느 날 제정신이 돌아오면, 모든 SNS 앱을 지워버리기도 했다. 정작 사랑하지도 않는 사람들에게서 애정을 확인하려 사진을 이리 고치고 저리 고치고, 글을 썼다 지웠다 하는 게 너무나 궁상맞아 보였기 때문이다. 부작용은 꽤 셌다. 사람처럼 재채기하는 고양이도, 친구가 어제 먹은 삼계탕도, 포털에선 찾기 어려웠던 재미난 기사도 모두 놓쳐야 했으니까.

그래서 찾아낸 타협 지점이 '눈팅'이다. 타임라인은 샅샅이 본다. 그러나 내 생각, 내 사진, 내 근황은 오픈하지 않는다. 나보다 딱히 나을 거 없는 인간의 반짝이는 일상을 들여다보다가, 또 불쑥 내 자신도 드러내고 싶은 욕망이 들끓지만(내가 어디가 모자라서!) 그 이후 겪어야 할 '좋아요'에 대한 부담감을 생각하면 슬며시 손가락을 내려놓고 만다.

점 하나 찍어도 세 자리 수의 '좋아요'가 쏟아지는 이 인간의 매력은 대체 뭘까. 주말마다 싸돌아다니며 사는 이 인간의 인생은 얼마나 성공한 걸까. 뭐 먹는 사진마다 마누라로부터 태그를 당하는 이 인간은 대체 얼마나 사랑을 받는 걸까. 나는 남의 행복 앞에 이토록 좀스럽게 한심한 존재라는 걸, 또 이렇게 강제로 확인당한다.

아무리 생각해도 내가 성격이 더 좋은데, 얘는 언제 이렇게 많은 '좋아요' 중독 페친들을 끌어모았을까. 얘는 나보다 연봉이 적은 게 분명한데 어떻게 밤이면 밤마다 대게를 뜯어먹고 있는 걸까. 얘는 나보곤 그렇게 결혼하지 말라더니 자기는 어떻게 이렇게 행복한 표정으로 남편 옆에서 함박웃음을 짓고 있는 걸까. SNS 속 세상이 얼마나 가짜인지 보여주는 이 징표들이, 외로운 우리 앞에서는 진짜로 군림하고 만다.

그렇다. 가짜다. 어쩌면 가짜라서 더 집착하는지도 모른다. 꾸밀 수가 있으니까. 손가락 하나 들어갈 틈도 없이 꽉 쥐고 있는 진짜 우리 현실과 달리, 이리저리 쑤시고 들어가 이리 바꾸고 저리 바꾸고 할 여지가 있으니까. 남들도 바꿨다는 점은 간과한 채, 내 것을 바꾸기 바쁘다.

생각해보면 처음부터 그랬다. 대학 시절, 내 하루 일과 중 하나는 로그아웃한 채로 미니홈피에 들락거리는 거였다. 딸깍, 딸깍, 무수한 클릭 끝에 투데이 방문자 수가 세 자리를 찍으면 마음 놓고 데스크톱을 껐다. 뭐, 세상 한심한 짓일 수 있다. 내 프로필 사진 위에 찍힌 그 숫자로 내 사회성을 평가하고(젠장, 고작 그 숫자 나부랭이로) 하다못해 평가에 집착을 일삼으며 행여 누가 볼까 숫자를 조작하는 모습이라니.

그러나 이 글은 절대, 가짜 자아인 SNS 따위 무시하고 진짜에 집중하라는 진부해빠진 결론으로 나아가지 않을 것이다. 오히려 가짜를 잘 활용하는 게 좋다고 보는 편이다. 다시 옛날로 돌아가 보자. 방구석에 웅크리고 앉아 미니홈피 방문자 수를 올리고 있던 진지한 내 모습을 생각하면 웃음이 터져 나오지만, 따지고 보면 또 꼭 그렇게 한심하지만은 않았다. 그 미니홈피를 통해 접근해온 어떤 남자애는 실제로 날 만나더니 "우와! 연예인 보는 거 같다"고 했다. 으하하!

실제 내 미니홈피가 하루 종일 열댓 번 파도타기 되고 잠잠한 상태였으면 어떤가. 나의 '깜찍한' 조작을 통해 누군가는 나를 인기 많은 사람으로 인식했고, 그게 곧 실제 내 인기가 됐다면 그게 뭐 그렇게 한심한 일인가.

문제는 요즘이다. 그 가짜를 꾸며내는 게 그리 쉽지 않아졌다. 로그아웃한 상태에선 '좋아요'를 누를 수가 없다. 이거 심각한 문제다. '좋아요' 수가 찔끔찔끔 늘어나는 걸 그저 바라보는 수밖에 없는 좌절감. 휴대폰을 엎어놓고 딴짓을 하다 다시 열어 봤는데 페이스북 아이콘에 숫자가 안 떠 있는 그 열패감!!

그래서 다들 콘텐츠를 더 가열차게 조작하고 있는 것일 테다. 행복하고, 화려하고, 유쾌하고, 맛있는. 덕분에 진짜 튄다, 진짜 솔직한 우리의 심정은. 마카롱, 곱창, 해변가 사진으로 뒤덮인 타임라인에 난데없이 '씨바'를 올리고, 밑도 끝도 없는 자기 한탄과 세상에 대한 분노를 드러낸다면 얼마나 궁상맞고 처량한 것인가. 당신이라면 그 사람과 친해지고 싶겠는가.

SNS는 미니홈피와는 또 다르다. 나만의 공간이 아니라, 사람들에게 제출하는 보고서라고 보는 게 맞다. 보고서엔 내게 유리한 부분만 써야 한다. 이 계산이 가질지 모르는 오류의 가능성,

엄밀하게 따지면 제기될지 모를 표절 의혹은 슬쩍 두루뭉술하게 넘어가고 가장 반짝이는, 가장 최상의 결론만 담아내야 한다. 실제 그 결과로 이어지지 않더라도, 애초에 우린 '솔직한' 보고서를 기대하면 안 된다.

SNS에서 진심 어린 소통을 바라는 건, 섹스 파트너에게 사랑을 바라는 것과 같다. 물론 매우 드물게, 섹스 파트너와 사랑이 싹트기도 하지만, 하나 확실한 것은 처음부터 냅다 사랑을 들이밀어선 이도 저도 안 된다는 것이다. 내가 감정을 배설한 곳은 내 공간이 아닌 상대방의 타임라인이라는 점을 늘 기억하면, 눈치 없이 섹스 파트너에게 사랑을 갈구하는 비참한 행보는 피할 수 있다.

인스타그램에 환장하는 건, '골빈 것들의 취미생활'쯤으로 치부되지만, 바야흐로 자기 PR의 시대, 어쩌다 한번 짠하고 올린 게 탁 하고 터지면 그 효과는 적지 않다. 그 방법을, 우리는 기꺼이 연구할 필요가 있다. 방법까지 알려주고 싶지만 나도 모른다.

어차피 우린 모두 혼자다. 실생활에서도 혼자인데, SNS에서는 아닐 리 만무하다. SNS는 다 가짜야, 라고 비웃는 건 SNS 바깥 어딘가에 진짜가 있다고 믿는 순진함을 드러내는 것이다. 물론 진짜는 있다. 그렇지만 가짜가 없지도 않다. '나야 잘 지내지', '어머, 너 예뻐졌다'가 엄지 손가락으로 누르는 '좋아요'와 다를 게 뭐가 있나. 가짜라며 도망칠 필요는 없다. 난 그런 거 안 해, 가 그다지 쿨할 것도 없다. 어차피 우린 SNS 밖에서도 쿨하지 못하다.

그러니, 좀처럼 늘지 않는 '좋아요' 수에 안절부절못하는 내 모습도 그리 '쿨하지 않을 것도 없다'는 게 내 결론이다. 이런 합리화라도 해야, 10분이 넘도록 '좋아요'가 하나도 안 달리는 사진을 지우는 게 맞나 아닌가 고민하고 자빠진 나를 사랑해줄 수 있다.

집에 들어가기 싫어

○

"아~ 집에 가기 싫다."

이런 말을 숨 쉬듯이 해대는 유부남들 말고, 혼자 사는 남자도 가끔 이런 말을 할 때가 있다. 어둑어둑 넘어가는 하루 일과 끝에서, 퀭한 공기를 가르며 후 한숨을 내쉬고는 이렇게 내뱉는다.

"아~ 집에 가기 싫다."

당연히 작업인 줄 알았다. 나랑 더 같이 있고 싶니? 오늘 밤 어떻게, 역사 좀 쓰자고? 남자 선상에 전혀 올라 있지 않았던 이 사람을 상대로, 그래도 최대한의 관용을 베풀어 남자로 봐줄 가능성을 타진하고 있을 때, 덧붙이는 한마디.

"진짜, 내 집이 싫다고."

김칫국이었다. 그들은 정말 집에 가기 싫은 거였다. 온라인

쇼핑몰을 뒤져서 정성스레 인테리어도 하고, 주말마다 쓸고 닦고 때 빼고 광 내놓은 그 집에, 들어가기 싫다는 거다. 그건 대체 무슨 심보인가. 나랑 같이 있고 싶다는 강력한 의지 표현이 아니라는 건 알겠는데 (잘 먹고 잘 살아라!) 굳이 그 집에 왜 가기 싫다는 것인지 쉽게 이해되지 않았다.

그들이 집에 가기 싫은 건, 집에 '아무도' 없기 때문이었다. 비밀번호를 다 누를 때까지 미동조차 없는 적막함, 불을 켜면 쨍하니 한눈에 들어오는 공허함. 그곳에서 혼자 남은 하루를 마무리하느니, 업무 얘기는 일찍이 끝난 나와 마주 앉아서 단물 빠진 아이스라떼 얼음이라도 씹어 먹겠다는 거다.

내가 그들의 마음을 이해한 건 강아지를 키우고 난 후였다. 쪼그만 녀석이 나만 왔다 하면 그 짧은 꼬리를 사정없이 흔들며 이리 뛰고 저리 뛰고 하는데, 내가 이리도 환영을 받아도 되는 존재인지 황송할 지경이었다. 지금이야 다 커서 내가 지나가다 꼬리라도 밟지 않는 한 쳐다도 보지 않지만, 어렸을 땐 자다가 화장실에만 가도 따라와서는 "뭐 해?"라는 표정을 짓곤 했다. 거기에 익숙해지다 보니, 강아지가 병원에 가 있다거나 다른 곳에 가 있는 동안엔 그 빈집이 너무나 쓸쓸해 미쳐버릴 것만 같았다.

처음부터 쭉 혼자였다면 몰라도, 여럿이었다가 혼자가 되는 건 예상보다 어려웠다. 그러고 보면 나도, 서울에 혈혈단신 올라왔던 스무 살 때 하루 여덟 끼를 먹고도 배가 고픈 이상 증상을 겪기도 했다.

조금 지나면 괜찮아지겠지만, 그 '조금'이 너무나 길게 느껴질 때가 웬만한 혼자들에게 한 번 이상 꼭 찾아오는 것 같다. 이 세상에, 나 없으면 안 되……까지는 아니어도 내가 오면 반응을 해줄 생명체 하나는 있어야 하는 거 아닌가. 내 집으로부터도 환영받지 못하는 이 기분.

이때 대부분 강아지나 고양이를 입양하는데, 나는 진심으로 말리고 싶다. 한 생명을 받아들이는 건, 예상보다 훨씬 더 거대한 일이다. 혼자서 감당하기 어려운 일임은 물론이다. 나는 긴 우울증 끝에 입양했던 강아지를 혼자 두고 출근하는 일이 점차 버거워져 가족들과 함께 살기로 결정하기도 했다.

대안으로 식물을 추천한다. 잎을 닦아주면서 말을 걸어도 아주 미친 사람 같아 보이지 않고, 혼자 두고 며칠 훌쩍 떠났다 돌아와도 별일이 없다. 물론 예상치 못한 수고가 따르긴 한다. 벌레가 꼬일 때라거나, 말라죽고 있는데 도무지 이유를 알 수 없을 때라거나. 누군가를 보살펴보지 않은 사람에게는 1~2주에 물 한번 주고 햇빛 좀 쐬게 해주는 것도 사실 어려운 일이다.

가장 보편적인 대안은 결혼이다. 퇴근하면 아내가 된장찌개를 끓여놓는 결혼생활은 요즘 거의 없지만, 어쨌든 집에 가서 함께할 사람이 있다는 점에서 결혼은 여전히 강력한 '혼자 방지 대

안'이다. 실제로 "집에 가기 싫다"고 하는 투덜거림의 결론은 "빨리 결혼해야지"로 나아간다.

아이러니한 건 유부남들과 미팅을 마치고 헤어질 때도 같은 말을 듣는다는 거다.

"아~ 집에 가기 싫다."

누군가의 용기 있는(!) 고백에 그 자리에 있던 유부남들끼리 은밀한 킥킥거림이 오간다. 그러고 보면 밤늦게 이어지는 술자리에서 2차, 3차를 외치는 것 또한 대부분 유부남들이다.

"왜 그래! 누구는 불 꺼진 집에 혼자 들어가기 싫다고 저러고 있는데."

"야! 내 소원이다. 조용한 집에 불 켜고 들어가는 거."

유부남들은 또 격하게 고개를 끄덕인다. 유부녀들의 반응도 다르지 않다.

"넌 집에 쉬러 가지? 난 집으로 출근하잖아. 너무 싫어!"

희한한 일이다. 이유는 너무 다른데, 어쨌든 오늘도 이들과 밤늦도록 돌아다니며 놀 이유는 충분해졌다.

나의 생일을 축하해

○

보통 한여름에 애 낳는 게 어렵다고, 그 시기를 피하라고 하지만 나는 두 가지를 더 추가하고 싶다. 바로 6월 초와 12월 초. 학교의 기말고사 준비 기간이다. 그 기간에 태어난 아이는 대학을 졸업할 때까지 매우 외로운 생일을 보낼 가능성이 높다.

나는 12월 7일생이다. 기말고사를 코앞에 둔 12월 초는 친구들도 나도 모두 벼락치기에 바쁜 시기. 더구나 감기 걸리기 딱 좋을 때라, 시험이 한창 진행되고 있는 조용한 교실에서 잔뜩 토하고 집으로 조퇴를 하거나, 애초에 학교를 못 간 채 병원에서 줄을 서면서 생일을 보내곤 했다. 케이크는커녕 흰 죽에 간장 한 방울 떨어뜨려 겨우 먹고는, 삼키기 어려운 알약을 변기에 몰래 버리기 바쁜 생일이었다.

대학에서도 비슷했다. 새벽부터 늘어선 도서관 앞 줄 틈에서 생일맞이 미용실 쿠폰 같은 게 문자로 날아오는 걸 보면서 '내 생일이구나' 했다. 한번은 너무나 쓸쓸해서 집에 오는 길에 작은 케이크를 하나 샀는데, 그건 정말 후회되는 짓이었다. 그 작은 방에서 혼자 불을 끄고 초에 불을 붙이는 순간 알 수 없는 설움이 밀려와 1시간을 펑펑 울었다. 하루 종일 마주치는 친구들마다 "생일 축하해"라고 말했고, 내 인생은 전혀 쓸쓸하지 않았지만, 스스로 초에 불을 붙이고 끄는 건 예상보다 훨씬 더 강력한 감정의 쓰나미를 몰고왔다.

쓸데없이 자존심만 강한 나는 그 누구에게도 '생일을 같이 보내자'고 할 만큼 '베스트'의 자리를 내주기 싫었다. 그래서 고등학교 동창들에게는 대학 친구들과 보낸다고 하고, 대학 친구들에게는 고등학교 동창들과 보낸다고 하고 정작 혼자 있곤 했다. 생일을 함께한다는 건 매우 특별한 사이라는 뜻이고, 그 특별한 지위를 너에게 줌으로써 '쟤는 나보다 더 친한 애는 없나?' 하는 생각을 하게 만들고 싶지 않았던 것이다.

기말고사가 다 끝나고 난 후 뒤늦게 술자리에서 작은 케이크 하나 사다놓고는 술을 진탕 먹고 옆 테이블 남자애들 사이에서 기쁨의 소리를 바락바락 지르다 잠들어버리는 게 내 생일파티의 전형이었다.

늘 맘에 안 드는 생일을 보냈던 나는 옆에 누가 얼쩡거리는 걸 싫어한다고 떠들고 다니면서도, 누군가 내 생일을 기억하고 축하해주면 사랑이 샘솟는 '간절한' 마음이 됐다. 물론 그런 환상을 채워줄 만한 생일은 절대 오지 않으리란 걸 알지만, 매번 '그래도 올해는' 이딴 생각을 품게 된다.

그래서 요즘 SNS가 좀 못마땅하다. 사돈에 팔촌까지 모두에게 오늘은 이혜린 님의 생일이라고 알려주니, 진짜 설레고 애틋한 생일 축하 멘트를 가려내기 어렵다. 이 사람 생일이네? 말이나 걸어야지, 하는 마음은 인맥 관리 그 이상도 그 이하도 아니니까. 물론 생일 알림을 받아놓고 축하 멘트도 하지 않는 '인맥'도 한 무더기긴 하다.

연애도 술자리도 다 시들해진 이후로는 생일날 그냥 혼자 바삐 움직인다. 뒹굴거리며 누워 있어봐야 궁상맞은 생각밖에 안 나니까, 몸이 피곤에 지칠 때까지 굴리는 게 좋다. 혼자 백화점에 가서 잔뜩 지르고는, 스스로에 대한 선물이라고 위로한다. 1년에 한 번인데, 좀 사면 어떤가. 그리고 분위기 좋은 커피숍에 앉아서 내년의 생일을 그려본다. 뭘 이루고, 뭘 갖고, 어떻게 행복할 것인가.

그러면 마음이 바빠진다. 할 게 너무 많아진다. 오늘의 '아무 일 없는' 생일이, 내년의 성공을 위한 준비 기간, 그 스타트 지점이 된다. 의미가 생긴 것이다. 아무리 삐딱하고 최선을 다해 부정적인 우리도 결국 지금을 버티게 하는 건 '다음은 더 나을 것'이라는 낙관론이다.

그래서 망각도 중요하다. 수없이 많은 낙관이 우리를 배신하고 모른 척하고, 없느니 못한 존재가 돼도, 또 한 번 낙관할 수 있는 건 망각 덕분일 테다. 오늘 내 생일 아침이 이토록 쓸쓸했다는 것도 빨리 잊으면 잊을수록, 내년 생일에 대한 낙관은 더 짙어질 것이다. 또 쓸쓸하면 어떤가. 또 잊으면 되지.

《방법》

외로움 잘
활용하기

얼굴에 철판을 깔기

○

진짜 외로운 순간은 혼자 불 꺼진 집 안에 들어설 때나, 혼자 끼니를 때워야 할 때가 아니다. 정말로 처절하게 외로운 순간은 바로, 혼자서 뭔가에 맞서야 할 때다. 사태 파악이 완전히 되지도 않은 상태에서 덩그러니 내 몫이 되어버린 갈등, 문제, 대립들. 그 누구도 나와 진정한 한 배를 타지 않은 채, 멀찍이 육지에 두 발 붙이고 서서 내 배가 이대로 좌초하고 말 것인지 멀뚱히 보기만 하는 느낌. 그 순간이야말로 진짜 '외로움'을 체험해볼 기회다.

나는 혼자서 뭔가를 해내고 으스대는 걸 즐기는 '짜증나는 년'이었지만, 그런 나도 덜컥 겁이 나는 순간은 있었다. 어두운 밤길에 수상한 사람과 같은 방향으로 걷고 있을 때라던가, 택시 아저씨가 전혀 모르는 길로 쓱 차를 몰고 갈 때라던가. 그럴 때마다 매번 내가 얼마나 '힘'이 없는 존재인지 깨닫게 된다.

그 힘이란 게 꼭 육체적인 것만 의미하지도 않는다. 나의 무능함 앞에 혼자 오롯이 서야 할 때가 있다. 수년 전, 회사를 그만두고 백수로서의 삶에 완벽하게 적응해버렸을 때 얘기다. 어느 날, 전 직장의 누구라는 사람으로부터 연락이 왔다. 수개월 전, 당직을 서면서 짧게 썼던 기사 하나가 저작권 문제에 걸려서 소송을 당했다는 것이다. 내가 첨부한 사진에 해외 매체 사진이 포함됐던 거다.

소환장을 확인하러 전 직장으로 향하던 그날 내 기분이 어땠는지 똑똑히 기억한다. 그냥 어디 쭈그려 앉아 울고만 싶었다. 내가 쓴 기사고, 내 이름으로 나간 기사이니 책임지는 게 맞았다. 그래서 더 무서웠다.

그때까지의 나는 혼자서도 잘 먹고 잘 살 수 있다고 믿는, 스스로 너무 똑똑하다고 과신해서 정말 재수가 없는 스타일이었

다. 그러나 그 정도 '사건'에 가슴이 덜컹 내려앉는 '소심이'였다. 회사를 그만둔 후 연락 안 한 지 몇 달이 넘은 동료들에게 '뻔뻔하게' 연락했다. 내 소식은 이미 알려진 후였다. 걱정하는 동료에게 웃으며 "내가 알아서 잘할 것"이라고 말하고 끊었다가, 다시 전화를 걸어 "도와 달라"고 했던 그 순간을 어떻게 잊을 수 있을까. 동료들이 알아봐주는 여러 정보를 접할 때마다 내 기분은 천당과 지옥을 오갔다. 그렇게라도 향후 상황이 어떻게 돌아갈 것인지 짐작할 수 있다는 사실만으로도 나는 숨통이 트이는 것 같았다.

다행히 전 직장이 합의를 도와줘 일은 잘 해결됐지만, 내 성격이 크게 변하는 계기가 됐다. 완전무결한 혼자는 판타지였다. 나도 남들의 도움이 절대적으로 필요한 존재구나. 혼자 나 잘난 맛에 살면서, 특유의 딱딱한 태도를 유지하던 나는 스스로가 얼마나 철이 없었는지 깨달았다. 절박한 누군가에게 '저런 사람은 부담스럽다'고 하던 건 또 얼마나 싸가지가 없었는지도.

그리고 무엇보다, 얼굴에 철판 까는 방법을 배워야겠다고 생각했다. 자존심, 체면, 쪽팔림 그런 거 모두 무시하고 철판을 깔 수 있는 능력이야말로, '혼자'들의 제1 생존법이었다. 어차피 혼자선 안 되는데, 미적거리고 시간만 끌다간 성공하기 어렵겠구나 싶었다. 숙일 땐 확실히 숙이고, 사람들에게 맞춰야 할 땐 확실히 맞추는 게 내 실리에 도움이 된다는, 별로 인정하고 싶지 않지만 명백한 진리를 받아들여야 했다.

물론 쉽지 않았다. 최근 회사를 운영하기 시작하면서 철판 깔아야 하는 순간은 더 자주 등장하는데, 사실 아직도 꽤 버겁다. 한번은 모 방송사로부터 내용증명이 날아왔다. 또 사진 저작권 문제였다. 직원들도 당연히 크게 걱정하는 듯했지만, 어쨌든 '내 일'이었다. 기사를 쓰라고 지시한 건 나였다. 기사를 내보낸 것도 나였다.

"선배가 그렇게 시키셨었는데."

응, 그렇지. 어디서 소행성이라도 날아왔으면 좋겠다고 느껴지는 외로움. 난 또 그 분야 전문가를 찾아 헤매야 했다. 우린 '다른 매체'와 다르다며 그 어떤 매체와의 유대관계도 필요 없다고 큰소리 땅땅 치던 게 엊그제인데 납작 엎드려 "선배님들 저 좀 도와주세요" 해야 했다. 사실상 초면인데, 불쑥 찾아가 방송사에 공문 쓰는 법을 문의하던 뻔뻔함. 사태가 해결될 때까지 혼자 커피숍에 처박혀 이런저런 시나리오를 써보며 머리를 쥐어뜯던 나의 절박함은 다신 리플레이시키고 싶지 않은 경험이다.

그러나 그건 시작이었다. 기사만 쓸 줄 알았지, 회사 경영이라고는 눈곱만큼도 몰랐던 나는 A부터 Z까지 사람들에게 묻기 바빴다. 늘 누군가에게 묻고, 청탁하고, '잘 부탁드린다' 읍소하는 나날들이었다. 이제 꽤 뻔뻔하게 들이댄다고 생각하는데, 그래도 여전히 하이킥이 나올 만큼 부끄럽고 민망하다.

꽤 큰 변화이긴 하다. 여전히 내 자존심은 의사결정 과정에서 상당히 중요한 고려 사항이지만, 가끔 이 부분을 애써 배제해야 할 때에도 예전 같은 열패감은 느끼지 않기로 했다. 역사상 그 누구도 '혼자서' 성공하진 못했을 테니까 말이다.

나는 어디 소문날까 무서운 문제들을 갖고 노무법인, 전문 컨설턴트, 주위 선배들, 닥치는 대로 만나면서 조언을 구했고, 혼자 결정하기 버거운 중요 사안에 대해서는 이 바닥을 전혀 모르는, 머리에 피도 안 마른 동생들에게까지 의견을 묻기도 했다. 그렇게 해서 조금이라도 나은 상황을 만들 수 있다면, 그것도 나쁘지 않았다.

하긴, 이렇게 살아 있는 것도 어쩌면 그 '뻔뻔하게 도움을 잘 요청하기' 때문인지도 모른다. 목 디스크 때문에 꼼짝할 수 없을 때, 반쯤 헐벗었으면서도 남녀 불문하고 불러들여서 약을 사다 달라고 소리를 친 것도 평소 내 가치관에선 매우 뻔뻔한 짓이었다. 불량배들이 자꾸만 말을 거는데 택시는 절대 안 잡히던 자정의 종각역에서, 옛날에 악다구니를 쓰며 헤어진 전남친을 불러 태워달라 도움을 요청한 것도, 어찌 보면 어이없는 일이었다.

도움이 필요한 순간에 화끈하게 뻔뻔해지는 것도 능력이다. 아마 여자들에게 이건 더 어려운 일일 것이다. 평생을 '여자'라는 선입견에 맞서야 하는 여자들 입장으로선, 의존적이라는 말만큼은 절대 듣고 싶지 않으니까. 나 역시, '독립적이다'는 말을 듣기 위해 피해도 될 손해를 기꺼이 감수하는 일이 잦았다.

하지만 인생에는 타이밍이라는 게 있다. 다 내다버리고 납작 엎드리는 게 합리적인 순간. 그때가 언제인지를 잘 파악하고 제대로 이행하는 게 어찌 보면 진정한 독립성인지도 모른다. 내가 무너지지 않음으로써 주위에 민폐를 끼치지 않는다는 점에서 말이다.

휴대폰, 좀 꺼놔도 돼

○

형광등도 TV도 꺼진 한밤중. 딱히 용건도 없으면서 손가락은 자꾸만 새로고침 버튼을 누른다. 같은 게시물이 떠 있는 타임라인만 몇 번씩 훑다가 잘 시간을 놓친다. 이러다 밤새겠어, 하지만 한 번 더, 한 번 더, 새로고침을 누른다.

TV만 바보상자는 아니다. 멍하니 시간을 흘려보내게 한다는 점에서 스마트폰도 바보상자다. 본 거 또 보고, 아까 본 거 또 새로고침하고, 한쪽 눈으로 쓱 읽고 다른 한쪽 눈으로 흘려버리는 정보들. 외로운 사람에게 스마트폰은 그런 존재다. 고립되지 않았음을 증명하기 위해, 보고 또 보며 위안을 구하는 존재. 세상에 말 거는 기분으로 흔적을 남겼다 지우고, 남의 일에 내 일처럼 화내고 슬퍼하고. 가끔은 그런 생각도 든다. 사람이란, 특정량의 감정을 늘 느껴야 해서, 혼자 아무것도 없는 상태가 되면 인터넷으로라도 그걸 채워내야 하는 게 아닐까. 어떤 글을 보고 화를 내는 게 아니라, 화를 내기 위해 글을 찾는 게 아닐까. 누군가의 근황을 보고 반가운 게 아니라, 누군가를 반가워하고 싶어서 근황을 찾는 게 아닐까. 그게 아니고서는, 그 아까운 시간을 새로고침만 하며 보내고 있는 이유를 설명하기 어렵다.

쓸데없이 유랑하는 시간을 줄이면, 이 공허한 감정에서 벗어날 수 있을까? 갑자기 덮쳐오는 거대한 '무(無)'의 시간을 어떻게 버텨낼 수 있을까.

내 안에 집중을 한다? 하루에 한 시간이라도 휴대폰을 꺼두고, 진짜 하고 싶은 일을 찾는다? 절대 쉽지 않았다. 내게 휴대폰은 '밥줄'이었다. 핫요가를 할 때도 휴대폰을 들고 들어가 혼났던 나다. 목욕탕에서도, 수영장에서도, 탈의실 어딘가에서 울리고 있을지 모를 휴대폰을 떠올리며 불안해했던 나다. 전화를 놓친다는 건 제보를 놓친다는 뜻이었고, 제보를 놓친다는 건 기사를 물먹는다는 의미였다.

전화를 놓칠까봐 불안한 것보다 더 끔찍한 일은 전화가 오지 않을까봐 초조한 것이었다. 하루 종일 통화목록이 텅 비어 있는 토요일 밤. 단전부터 올라오는 불안한 기운. 이 세상으로부터 밀려난 느낌. 주중에 바쁠수록, 주말의 고요함은 받아들이기 더 어려웠다.

주중의 고요함은 더 힘들었다. 내가 쓸모없는 사람이 된 걸까. 내가 혹시 한직으로 밀려난 건가. 경쟁자한테 물을 먹고 있는 건가. 나 여전히 잘나가는 거 맞지? 그러나 전화기에 찍힌 통화목록은 너무나 건조하게 객관적이다. 일말의 해석의 틈도 허용하지 않는 정확함. 2통. 2통이면 그냥 2통이다. 위안받을 방법은 없다.

그래서 한가한 시간엔 그냥 휴대폰을 꺼두는 데 익숙해질 필요가 있다. 특히 특별한 일 없는 쉬는 날엔 하루에 한번 정도만 들여다보면 된다. 24시간 휴대폰을 켜두고 아무도 날 찾지 않는다는 사실을 연속적으로 확인할 필요는 없다. 초반엔 혹시나 그 사이에 뭐가 왔을까봐 껐다 켰다 하는 부작용이 있을 수 있지만, 곧 적응된다.

휴대폰을 끄고 할 수 있는 가장 쉬운 일은 독서다. 하지만 초보자에겐 쉽지 않다. 한 줄 한 줄 읽어 내려갈 때마다 집중하지 못하고 휴대폰을 켜보고 싶은 욕구가 스멀스멀 올라오기 때문이다. 고도의 집중력이 필요한 작업은 오히려 이른 포기를 불러올 수 있다. 청소 정도가 제격인데, 음악을 켜려고 스마트폰을 작동시키는 순간 인터넷의 세계는 당신을 두 팔 벌려 기다릴 것이다. 잠시도 눈을 떼기 어려운 스릴러 영화를 몰아보거나, 컬러링 북이나 필사 노트를 채워 넣는 일도 첫 시작으론 괜찮다.

알람을 따로 마련하는 것도 중요하다. 잠 안 오는 밤, 휴대폰을 끄고 싶어도 끄지 못하는 이유는 휴대폰이 내일 아침 기상시간을 알려주기 때문이다. 알람 기능이 있는 탁상 시계가 따로 있어야, 휴대폰을 마음 놓고 끌 수 있다.

휴대폰을 끄면 내가 세상을 밀어낸 게 된다. 밀려난 게 아니라, 자발적인 고립이다. 말이란 건 참 신기해서, 말하는 대로 해석이 된다. 똑같은 고립이라도 내가 택했다면, 그리 암울한 게 아니다. 내가 택한 정적과 고요는 오히려 편하다.

그렇게, 고립의 주체가 된다.

어설프게 사람들 주위만 기웃거리며 잔가시에 찔리지 말고, 멀찍이 떨어져 제3의 판을 짜는 게 낫다. 그 판에서 무엇을 하느냐에 따라, 당신을 어디서 어떻게 성공시킬 것인지가 결정된다. 유능한 CEO가 될 수도 있고, 예민한 작가가 될 수도 있다. 어쨌든 그 결과에 따라 그 판으로 사람들이 몰려들 수도 있다. 너무 많이 몰려들어 '휴식'을 위해 제4의 판을 짜야 할지도 모른다.

그때까지 내 판에 몇 명이 몰려들어 있는지는 그리 중요하지 않다. 몇 명이 모인 판에 내가 끼었는지 아닌지도 그리 중요하지 않다. 어차피 남의 판이다. 과감하게 훌쩍 떠나서, 매력적인 내 세상을 만들면, 사람은 몰리게 돼 있다.

그 첫 단계는 단연, 의미 없는 관계들로 얽힌 휴대폰을 잠시나마 끄는 일이다.

미움은 나의 힘

내 일생을 한마디로 요약하자면, 소외로부터 벗어나기 위한 몸부림이다. 가족들이 요구하는 첫째 딸의 모습을 보여주려 한 것도, 아무 관심 없는 친구의 짝사랑 얘기를 3시간씩 들어준 것도, 내 소신에 완벽하게 반하는 상사의 지시에 고개를 끄덕인 것도, 모두 사이드로 밀려나기 싫다는 욕망 때문이었다. 가족들과 잘 지내기 위해서, 친구를 만들기 위해서, 회사에 붙어 있기 위해서, 나는 진짜 '나'를 숨기고 감추는데 익숙해졌다.

아이러니한 것은 그럼에도 참으로 소외받는 아니 소외받았다고 느끼는 일이 많았다는 점이다. 본성은 못 숨기는 걸까. 나는 내가 예상하지도 못했던 때에 불쑥 진짜 '나'를 꺼내들고서 주위 사람들을 경악케 했다. 가족들과 언성을 높이고, 친구에게 잔인한 충고를 건네고, 멀쩡하게 진행되고 있던 일을 뒤집어엎었다. 선배 앞 표정 관리에 실패하고, 후배를 울리고, 죄도 없는 사람들에게 악다구니를 썼다. 그래서 집에서 가장 외롭다고 느낀 적이 많았고, 반에서 가장 인기 있는 애한테 달려들었다가 학급 전체로부터 따돌림을 당한 적도 있다. 겉에서 볼 땐 몰라도 나의 직장생활은 정말이지 엉망진창이었다.

제 성질을 못 이기고 일을 잔뜩 저질러놓고는 또 '소외 공포'에 휩싸였다. 후폭풍은 늘 예상보다 컸고, 고약했고, 집요했다. 하늘이 됐든, 신이 됐든, 누군가를 많이 원망도 했었다. 이렇게 소외가 싫게 할 거면 남들한테 잘 순응할 수 있는 성격도 같이 주던가, 매사에 순응하지 못하게 할 거면 소외를 즐길 수 있을 배짱도 같이 주던가. 나는 외로운 어린이와 반항적인 투사로 극과 극을 오가며 정신도 오락가락했던 것 같다.

그래서 그토록 무서워했던 '미움'은 내 인생의 동반자였다. 상상도 못했던 곳에서 전혀 예상치도 못했던 애들이 나를 안주 삼

아 한참을 씹고 있거나, 내가 하지도 않은 말과 행동들이 그럴듯하게 나의 작품이 돼서 널리 회자되고 있거나 하는 일이 꽤 있었다. 여러 명이 모인 자리에서 나의 등장과 함께 쎄한 침묵이 흐른다거나, 누구도 내게 먼저 말을 걸지 않던 일도 기억에 생생하다. 동창들은 "엥? 그런 일이 있었어?"라고 하는 걸 보면 이게 진짜 '피해'인지 '피해망상'인지는 정확하지 않다. 그러나 중요한 건 내 기억 속에 있다는 사실이다.

믿고 좋아했던 친구들이 나만 빠지면 날 씹으며 시간을 보냈다는 사실을 뒤늦게 고백했다거나, 후배로부터 "선배, 애들이 다 그러던데, 진짜 아니에요?"라는 말을 듣는다거나. 세상 모두가 날 싫어한다고 믿어도 이상할 것 하나 없는 신호들. 날 왜 그렇게 싫어하는 걸까, 아무리 머리 박고 고민해봐도 잘 모르겠다.

생각해보면 내가 그나마 지금 이만큼 살고 있는 건 그 미움들 때문이었다. 날 싫어하던 선생님에게 꼬투리를 잡히지 않기 위해선 꽤 괜찮은 성적이 필요했다. 뒤에서 내 흉이나 보던 애들을 엿 먹이는 방법은 그들보다 좋은 대학에 가는 거였다. 내가 재수 없다고 떠드는 연예관계자들을 혼내는 유일한 방법은 그들에게 꼭 필요한 기자가 되는 거였다.

쉽지 않았다. 성적은 수시로 곤두박질 쳤고, 대학에도 떨어졌고, 직장에선 늘 휘청거렸다. 그럼에도 포기하지 않은 건, 사실 내 꿈이나 날 따뜻하게 격려해준 주위 사람들 때문은 아니었다. 어쩌면 내 존재조차 까맣게 잊고 있을, 그러나 내 기억 속에는 콕 박혀 있는 내 '안티'들의 웃는 얼굴이었다.

최고의 복수는 용서라고들 하는데, 개소리다. 그건 평소 죄 지은 게 많아서 피해자들로부터 해코지당하지 않을까 불안한 놈들이 만들어낸 소리다. 최고의 복수는 맘껏 미워하는 거다. 분이 풀릴 때까지, 신나서 다시 웃을 수 있을 때까지 맘껏 미워하는 거다.

그러면 나도 성공한다. 뭔가 어려움에 봉착했을 때 미움보다 더 강력한 동기부여는 없었다. 누군가를 열받게 해주겠다는 건, 누군가를 기쁘게 해주겠다는 목표보다 훨씬 더 힘이 셌다. 날 미워하는 사람까지, 내 사람으로 만들지 못해 전전긍긍할 필요는 없다. 오히려 두 배, 세 배 더 미워해주면 된다. 큰 사람이 못 되면 어떻고, 그 알량한 증오가 날 좀먹으면 어떤가. 이 사회는 어차피 스트레스 사회다. 이거 하나 없앤다고 우리 스트레스가 전부 없어지는 것도 아니다.

누군가를 미워하는 마음은 나를 더 나은 나로 만든다. 다른 사람들한테 어설프게 들키지만 않으면 된다. 평판 관리는 중요하니까.

나는 많은 사람들을 미워했다. 공부 좀 잘한다고 까불던 애,

인기 좀 많다고 잘난 척하던 애, 날 위하는 척 엿 먹이던 애, 모두 기억한다. 너무나 쿨하게 딴 여자를 택한 전남친도 미워하고, 일도 못하면서 내 핑계만 대던 후배도 미워한다. 앞으로 더 늘 거다. 내 앞에서 웃고 뒤에서 씹은 사람이 누군지, 내가 잘될까 봐 초를 친 사람이 누군지, 속속들이 알아내려 안테나를 세우고 있다.

그들보다 내가 더 행복했으면 좋겠다. 날 미워한 걸 후회하게 해주고 싶다. 뭐 어떤가. 직접적인 해를 끼치는 것도 아닌데. 대신 나는 더 나은 내가 되는데.

진짜 내 공간

○

스스로 물어보자. 나만의 공간이 있나? 아니, 그냥 두 다리 뻗고 눕는 공간 말고. 진짜 내가 좋아하는 '나'로 이뤄진 그런 공간. 거기 있는 물건 하나하나가 나의 '자아'와 직결되는 공간. 일하는 책상 말고, 샤워하는 화장실 말고, TV 보는 소파 말고. 집도 좁은데, 짐 둘 곳도 없는데 나만의 공간은 무슨 사치인가 싶은데, 이거 중요하다.

용건이 없는, 사실 따지고 보면 크게 필요는 없는, 하지만 그게 하나의 낙일 수 있는 공간 말이다. 내게는 침대 옆 협탁이 그렇다. 이 협탁에 만큼은 먹다 남은 컵도, 쓰다 남은 기사 관련 서류도 놓지 않으려 한다. 침대에서 잠들기 전, 내가 이혜린으로 살고 있다는 걸 보여줄 수 있는 물건들을 두고 싶다. 예를 들면,

예쁜 조명 기구, 읽던 책, 블루레이, 향초, 예쁜 노트와 필기구, 블루투스 스피커 리모컨. 손 두 뼘 정도의 크기지만, 지나가다가 늘 발등을 찧곤 하지만, 난 가끔 그런 생각을 한다. 이 협탁 위에 놓인 것들을 위해 오늘 하루를 버틴 게 아닐까. 책을 읽든, 낙서를 하든, 난 그제야 이혜린으로 돌아온 것 같은 느낌을 받으며, 마음만 번잡하게 하던 각종 미팅과 계약서와 사람들로부터 도망을 친다.

물론 술에 만취해 곧바로 곯아떨어지거나, 예능을 보며 킥킥대다 잠들 때도 있지만, 그런 하루의 끝은 뭔가 남의 삶을 산 것만 같은 기분이 든다. 진짜 나라고 하는 게 고작 좋아하는 작가의 소설을 24번째 읽는다거나, 본 영화를 53번째로 또 본다거나, 발라드 가사를 긁적이는 거라니 너무 소박한 거 아닌가 싶지만, 늘 '외부'와 '타인'에 엉켜서 사는 내게 이만큼의 소박함도 결코 작은 여유는 아니다.

'진짜 나'가 그리 별것일 것도 없다. 그 누구도 시키지 않았는데 하는 일, 해봤자 나만 좋은데 하는 일, 당장 필요하지도 않은데 하는 일, 그런 게 '진짜 나'다. 누군가에게 인정받으려 억지로 하는 일 말고, 먹고살기 위해서 꾸역꾸역 하고 있는 일 말고, 진짜 내가 시켜서 하는 일. 하루 일과를 마치고 잠들기 직전, 그 달콤한 시간을 기꺼이 내주고 있다면 그 역시 '진짜 나'일 것이다.

그래, 5분이든 1시간이든 시간은 해결됐다. 이제 공간이 문제다. '빈둥대는' 내가 맘 놓고 차지할 수 있는 공간. 남의 시선 의식 안 하고 맘껏 나일 수 있는 공간. 사실 생각해보면, 그런 공간이 없다. 엄마, 아빠가 수시로 문 벌컥 열고 들어오는 집구석 작은 방도 절대 아니고, 심호흡 몇 번이면 산소가 바닥날 것 같은 비좁은 원룸도 아니고. 5,000원짜리 커피 시켜놓고 눈치 보며 앉아 있어야 하는 커피숍 의자도, 전후좌우 상사의 시선이 쏟아지는 사무실 책상도 더더욱 아니다.

좁은 땅덩어리에 태어난 대한민국 사람의 일생은, 이 '내 공간'을 확보하기 위한 투쟁이다. 전 재산과 맞먹는 은행 빚을 지고서, 이자에 허덕이는 하우스푸어가 될 리스크를 기꺼이 안고서, 사람만 바글거리는 이 척박한 나라에서 엉덩이 붙이고 누울 땅을 쟁취해야 하는 운명. 죽을힘을 다해 공부하고, 뼈 빠지게 일해도, 30대에 서울 바닥 방 한 칸 살 수 있는 돈 모으기 어렵지만, 그래서 더 간절하다. 밥 먹는 공간 말고, 샤워하는 공간 말고, TV 보는 공간 말고, 남편이나 부인이랑 같이 쓰는 공간 말고, 그냥 아무 용도 없이 '나'로 이뤄진 공간. 너무나 사치라서, 너무나 동경하게 되는 공간.

나는 대학시절을 침대와 책상만으로도 꽉 찼던 하숙방 한 칸에서 보냈고, 사회초년생 시절을 옷가지 몇 벌 떨어지면 맨바닥이 보이지 않는 오피스텔에서 보냈다. 누워서 저 멀리 TV 리모

컨을 쏜다는 게 어떤 느낌인지, 방과 방 사이를 걸어서 이동한다는 게 어떤 의미인지, 한참을 잊고 살았다. 가끔은 가만히 있어도 숨이 턱턱 막혔고, 아무리 '잘하고 있다', '잘하고 있다' 되뇌어도 내 인생은 미완성인 것만 같았다. 책을 사도 둘 곳이 없고, 새 구두를 사도 헌 구두 위에 쌓아둬야 하는 갑갑한 현실은 '나만의'나 '독립' 등의 단어를 비웃게 만들었다.

아파트를 사야지, 전원주택에 살아야지, 하는 게 망상처럼 느껴지는 요즘. 내 첫 목표는 그렇게 협탁이 됐다. 협탁 놓을 공간이라도 있었으면! 읽던 책을 정리할 공간이라도 있었으면! 고작 이 공간 하나 만들어졌다고, 행복씩이나 느끼고 있는 내가 세상과 너무 빨리 타협해버린 소시민처럼 느껴지지만 그래도 뭐, 행복은 스스로 만드는 거라니까. 그렇게 이 좁은 협탁 위에 블루레이 한 장씩 더 쌓는 걸로, 내 인생은 점차 더 나아지고 있다고 위안 중이다.

한쪽 벽면을 가득 메운 책장이라던가, 4계절 옷을 한 번에 둘러볼 수 있는 옷 방이라던가, 최고급 가죽 의자가 놓인 서재라던가, 그런 걸 이토록 간절하게 꿈꾸고 있는 나 자신은 너무나 소박한 속물 같다. 그래도 뭐. 고작 이걸 꿈꾸면서 속물인가 자책하는 내가 불쌍해 보이지만 뭐. 내가 나답게 먹고살 수 있어야, 사회 정의나 뭐 그런 거(!)에 관심을 둘 수 있는 거니까.

나답다는 게 고작, 그렇게 조그마한 공간과 잠깐의 시간으로 이뤄졌지만, 그건 시대를 잘못 만난 현대인의 숙명이다, 뭐. 생각해보면, 시대를 거슬러 또 그렇게 '자아'를 누리고 자란 조상이 있나 싶기도 하고. 하루의 아주 잠깐이라도, 그렇게 아무 '용건 없는' 나의 상태를 추구하는 건 어쨌든 견고한 자아를 만들고픈 우리 혼자들에게 매우 중요한 일이다. 어쩌면 역사상 최초로 '혼자'를 즐기는 우리에게 처음으로 주어지는 사치일지도 모른다.

특히 잠들기 전 보고, 듣고, 생각하는 건 나 그 자체로 볼 수 있다. 다음 날 일어날 일에 대해 걱정하기 바쁘다면 그건 스트레스가 심각한 거다. 누군가가 자꾸 생각난다면, 그 사람을 좋아한다는 거다. 그때 하고 싶은 일이 있다면 진짜 자기가 하고픈 일인 거다. 자기 직전 잠깐이라도 진짜 자신을 들여다보는 것, 그런 나를 위한 곳이 있다는 것, 그걸 놓치면 내 자신은 어쩌면 '세상만을 위한' 내가 지배하게 될지도 모른다.

혼자가 좋은데 혼자라서 싫다

2017년 6월 12일 초판 1쇄 발행
2019년 9월 30일 초판 5쇄 발행

지은이 이혜린
펴낸이 김남길
펴낸곳 프레너미
등록번호 제387-251002015000054호
등록일자 2015년 6월 22일
주소 경기도 부천시 원미구 계남로 144, 532동 1301호
전화 070-8817-5359
팩스 02-6919-1444

프레너미는 친구를 뜻하는 "프렌드(friend)"와 적(敵)을 의미하는 "에너미(enemy)"를 결합해 만든 말입니다.
급변하는 세상속에서 저자, 출판사 그리고 콘텐츠를 만들고 소비하는 모든 주체가 서로 협업하고 공유하고 경쟁해야 한다는 뜻을 가지고 있습니다.
프레너미는 독자를 위한 책, 독자가 원하는 책, 독자가 읽으면 유익한 책을 만듭니다.
프레너미는 독자 여러분의 책에 관한 제안, 의견, 원고를 소중히 생각합니다.
다양한 제안이나 원고를 책으로 엮기 원하시는 분은 frenemy01@naver.com으로 보내주세요.
원고가 책으로 엮이고 독자에게 알려져 빛날 수 있게 되기를 희망합니다.